Francis Scott Fitzgerald

Né en 1896 dans le Minnesota et décédé à Hollywood en 1940, Francis Scott Fitzgerald demeure la figure de proue de la « génération perdue » des années 1920. Tout d'abord auteur de fictions pour les journaux, son premier roman, *L'envers du paradis*, rencontre immédiatement le succès. Avec son épouse Zelda, l'auteur mène une vie extravagante en Europe et aux États-Unis. En 1924, il publie son chef-d'œuvre, *Gatsby le Magnifique*. En 1937, l'auteur part tenter sa chance à Hollywood et se lance dans l'écriture de scénarios. Il décède peu de temps après, le 21 décembre 1940, au beau milieu de la rédaction d'un roman.

L'ÉTRANGE HISTOIRE DE BENJAMIN BUTTON

suivi de

UN DIAMANT GROS COMME LE RITZ

F. SCOTT FITZGERALD

L'ÉTRANGE HISTOIRE DE BENJAMIN BUTTON
suivi de
UN DIAMANT GROS COMME LE RITZ

NOUVELLES

Traduit de l'anglais
par Dominique Lescanne
Agrégé de l'Université

POCKET

Titres originaux :
THE CURIOUS CASE OF BENJAMIN BUTTON
THE DIAMOND AS BIG AS THE RITZ

© Pocket, département d'Univers Poche, 2008,
pour la traduction française et la présentation.
ISBN : 978-2-266-19055-8

PRÉSENTATION

C'est le 26 septembre 1896 à Saint-Paul (Minnesota) que naquit chez les Fitzgerald un garçon à qui l'on donna pour prénoms le nom d'un ancêtre très éloigné dont le titre de gloire était d'avoir écrit un poème qui devint le texte de l'hymne national américain sous le titre *La bannière étoilée* : Francis Scott Key.

Si le grand-père maternel de Francis, un immigrant irlandais du nom de Mc Quillan, arrivé aux États-Unis à l'âge de neuf ans, fit fortune dans le commerce de gros, il n'en alla pas de même de son père, Edward, dont les affaires ne furent jamais très florissantes, ce qui l'obligea à déménager souvent pour aller dans l'État de New York, à Buffalo puis à Syracuse pour revenir à Buffalo en 1903 et retourner à Saint-Paul en 1908.

Edward Fitzgerald fut très marqué dans son enfance par le spectacle de la guerre de Sécession et raconta ses souvenirs à son fils qui fit de cette guerre le thème de sa première pièce de théâtre *(The Coward)* qu'il écrivit à l'âge de dix-sept ans. Il évoqua le conflit sanglant entre le Nord et le Sud et les valeurs qu'ils représentaient dans plusieurs nouvelles et en particulier dans *The Ice Palace*.

Quand il eut une dizaine d'années, il suivit des cours de danse avec des enfants des familles les plus riches de la ville. Il fut alors introduit par les camarades qu'il s'était faits dans des milieux sociaux bien supérieurs au sien, et la fascination qu'il éprouva pour ce qui lui apparut comme un étalage de luxe et de richesse se retrouva magnifiée avec toute l'ironie du conteur dans *The Diamond as Big as the Ritz*. C'est à la même époque qu'il commença à écrire des récits pour le journal de son école. Sa fréquentation, à partir de 1911, de l'école Newman qui accueillait les enfants de riches familles catholiques ne fit que multiplier ses rêves d'une vie de luxe et de plaisirs et augmenter sa frustration.

En 1913, il entra à l'université de Princeton et partit donc pour l'est du pays qui contrastait alors fortement par sa culture et sa concentration d'intellectuels avec le Middle West des philistins de Saint-Paul.

Dans cette université réputée pour l'élégance de ses étudiants, il se consacra surtout à essayer de se faire admettre dans les principaux clubs pour satisfaire son aspiration à une vie mondaine et à écrire des pièces de théâtre qu'il parvint à faire jouer en amateur.

La déclaration de guerre de 1917 attira moins son attention que la mesure visant à l'abolition des clubs. Sa vocation littéraire s'affirma alors dans ses tentatives d'écrire de la poésie. L'élégant Francis Scott rencontra la jeune Zelda Sayre pendant qu'il faisait son service militaire, en 1918, et l'annonce de l'armistice du 11 novembre déçut ses rêves romantiques d'aventure en le privant de partir faire la guerre en Europe.

En 1919, il était à New York, essayant vainement de se faire publier afin de pouvoir épouser Zelda et faire face aux nombreuses dépenses de sa vie dissipée. Il s'était en effet déjà mis à boire quand, en avril 1920, il se maria avec Zelda, quelques jours après la publication de son premier roman, *This Side of Paradise*. Le succès du roman le rendit célèbre et leur permit de commencer une vie de bohème et de plaisirs dispendieux. Il publia, en août de la même année, un recueil de nouvelles intitulé *Flappers and Philosophers*.

C'est en 1921 qu'ils voyagèrent pour la première fois en Europe et que naquit, en octobre, leur fils Scottie. En 1922, il publia *The Beautiful and the Damned*, assembla les nouvelles du recueil *Tales of the Jazz Age*, rencontra de nombreux acteurs, compositeurs et producteurs à Long Island où il avait loué une maison et écrivit *The Diamond as Big as the Ritz* pour le magazine *Smart Set*. L'instabilité chronique de Francis et son intempérance rendirent sa relation avec Zelda souvent très orageuse. La pièce de théâtre qu'il donna en 1923, *The Vegetable*, fut un échec retentissant et l'incita à abandonner définitivement le genre. Francis et Zelda séjournèrent en 1924 en Europe où il rédigea *The Great Gatsby* qui, malgré une critique très élogieuse, n'eut pas, à sa publication l'année suivante, le succès immédiat qu'on pouvait espérer auprès du public.

Il ne retourna aux États-Unis qu'en 1926, après la publication d'un nouveau recueil de nouvelles au titre évocateur : *All the Sad Young Men*. Il fut engagé en 1927 par l'United Artists d'Hollywood pour écrire un scénario qui fut finalement refusé. À partir de 1928 Zelda et lui partagèrent leur temps entre la France et les États-Unis et tandis que Francis s'adonnait à sa passion destructrice, Zelda tenta d'entreprendre une carrière de danseuse et commença à souffrir, dès 1930, de sérieux troubles mentaux. Afin de pouvoir payer le traitement de sa femme, Francis se trouva dans l'obligation d'écrire de nombreux récits pour divers journaux et magazines. Il essaya à plusieurs reprises de renoncer à la boisson, mais toujours en vain, et sa santé se délabra autant et au moins aussi vite que celle de Zelda.

En décembre 1933, ils s'installèrent à Baltimore et en 1934 Zelda, qui avait été à nouveau hospitalisée, tenta de se suicider tandis que ses peintures étaient exposées dans l'indifférence générale. C'est cette même année que fut publié *Tender is the Night* qui n'eut guère de succès, et l'année suivante Francis connut une longue période de dépression physique et morale. Sa nouvelle *The Crack-Up* parut en 1936. En 1937 et 1938, il travailla à Hollywood pour la Metro Goldwin Mayer. Son état de santé s'aggrava très sérieusement en 1939 pendant qu'il continuait à boire et à se débattre au milieu d'énormes difficultés financières. Ses livres ne se vendant plus, il fut obligé de traiter directement avec le magazine *Esquire* afin qu'on lui paye par avance les *Histoires de Pat Hobby* qu'il s'engageait à leur fournir.

Il mourut en décembre 1940 d'une crise cardiaque et fut enterré presque dans l'anonymat. Il laissait un roman inachevé, *The Last Tycoon*, qui parut l'année suivante. Et, en 1948, Zelda mourut à son tour tragiquement dans l'incendie de la maison de santé où elle était soignée, à Asheville.

L'ÉTRANGE HISTOIRE
DE BENJAMIN BUTTON

I

Il y a bien longtemps, en 1860, l'usage voulait que les femmes accouchent chez elles. Aujourd'hui, il paraît que les sommités de la médecine ont décrété qu'il vaut mieux que les premiers cris d'un nouveau-né retentissent dans l'atmosphère aseptisée d'un établissement hospitalier – réputé, de préférence. M. et Mme Roger Button étaient donc en avance d'environ cinquante ans sur leur époque lorsqu'ils prirent leur décision : leur enfant naîtrait dans une maternité, un beau jour de l'été 1860. Nul ne sait si cet anachronisme eut un quelconque effet sur l'histoire extraordinaire que je vais vous raconter.

Je vais vous dire ce qui s'est passé et vous laisserai seuls juges.

À Baltimore, M. et Mme Roger Button avaient, avant la guerre de Sécession, une situation sociale et financière des plus enviables. Ils avaient noué des liens avec les familles en vue, ce qui, comme le savent tous les gens du Sud, leur permettait de faire partie intégrante de la prétendue « bonne société », qui s'épanouissait à l'époque dans le sud des États-Unis. Comme c'était la première fois qu'ils se pliaient à cette charmante coutume qui consiste à faire un enfant, M. Button était naturellement un peu inquiet. Il espérait que ce serait un garçon pour pouvoir l'envoyer à son tour dans le Connecticut, à l'université de Yale, établissement où, pendant quatre ans, il avait été connu sous le surnom un peu trivial de « Manchette ».

Lorsque ce jour si particulier de septembre où devait se dérouler cet événement exceptionnel arriva, il se leva, anxieux, à six heures du matin, s'habilla, ajusta sa cravate à la perfection, et se rendit en toute hâte à l'hôpital de Baltimore, pour savoir si son enfant avait vu le jour durant la nuit.

Quand il fut à une centaine de mètres de la Clinique Générale du Maryland, il vit le docteur Keene, leur médecin de famille, descendre le perron. Il avait ce geste si typique de sa profession : il se frottait les mains méthodiquement, comme s'il était en train de se les laver.

M. Roger Button, Président-Directeur général de la Société Roger Button, Quincaillerie en Gros, se mit alors à courir vers le docteur Keene, faisant fi de la dignité attachée à tout homme respectable de cette glorieuse époque. « Docteur Keene ! » s'écria-t-il. « Eh, Docteur Keene ! »

À l'appel de son nom, le docteur Keene se retourna et s'arrêta net. Sa mine sévère, empreinte de l'importance de sa fonction, manifesta une certaine surprise à son approche.

— Comment cela s'est-il passé ? demanda, haletant, M. Button en se précipitant vers lui. Quel est son sexe ? Comment va-t-elle ? Un garçon ? Qui ? Comment…

— Calmez-vous ! dit le docteur Keen d'un ton sec.

Il semblait quelque peu exaspéré.

— Est-ce que l'enfant est né ? implora M. Button.

Le docteur Keene se renfrogna.

— Eh bien, oui, je crois… enfin, si l'on peut dire.

Il regarda à nouveau M. Button avec curiosité.

— Est-ce que ma femme va bien ?

— Oui.

— C'est un garçon ou une fille ?

— Nous y voilà ! s'écria le docteur Keene au comble de l'exaspération. Allez voir vous-même. C'est un scandale !

Il lança ce dernier mot comme s'il n'avait eu qu'une seule syllabe, puis se retourna en marmonnant :

— Quel effet, pensez-vous, que cette histoire aura sur ma réputation professionnelle ? Encore une histoire comme ça et c'en est fini de ma carrière – ou de celle de n'importe qui d'autre d'ailleurs.

— Qu'y a-t-il ? demanda M. Button, atterré. Des triplés ?

— Non, pas des triplés ! répliqua le médecin d'un ton tranchant. Vous n'avez qu'à vous rendre compte par vous-même. Et changer de médecin par la même occasion. C'est moi qui vous ai mis au monde, jeune homme, et je suis votre médecin de famille depuis plus de quarante ans, mais je ne veux plus rien avoir à faire avec vous ! Je ne veux plus vous revoir, ni vous, ni aucun membre de votre famille ! Adieu !

Il tourna les talons, monta, sans mot dire, dans le phaéton garé au bord du trottoir et s'éloigna précipitamment.

M. Button se figea, stupéfait et tremblant de la tête aux pieds. Quelle chose horrible était donc arrivée ? Il avait soudain perdu toute envie de se rendre à la Clinique Générale du Maryland – il se fit violence pour monter l'escalier puis entrer dans la maternité.

Une infirmière était assise à un bureau dans la pénombre du hall d'entrée. Toute honte bue, M. Button s'approcha d'elle.

— Bonjour, fit-elle, en levant les yeux de façon avenante.

— Bonjour. Je... Je suis M. Button.

À ces mots le visage de la jeune femme, remplie d'effroi, se décomposa. Elle se leva et sembla vouloir s'enfuir, ayant manifestement toutes les peines du monde à se contenir.

— Je veux voir mon enfant, dit M. Button.

L'infirmière laissa échapper un petit cri :

— Oui, bien sûr ! s'exclama-t-elle, hystérique. Montez. C'est à l'étage. Allez-y !

Elle lui indiqua le chemin, et M. Button, trempé de sueur, se retourna, les jambes flageolantes, et entama l'ascension jusqu'au deuxième étage. Là, il s'adressa à une autre infirmière qui venait vers lui, un bassin à la main.

— Je suis M. Button, parvint-il à dire. Je voudrais voir ma...

Bing ! Elle laissa tomber le bassin qui roula vers l'escalier. Bing ! Bong ! Il se mit à dévaler les marches les unes après les autres, comme s'il était lui-même

18

gagné par l'affolement général provoqué par le visiteur.

— Je veux voir mon enfant ! dit-il presque en hurlant.

Il était sur le point de déf illir.

Bing ! Le bassin avait atteint l'étage inférieur. L'infirmière s'étant ressaisie, elle lança à M. Button un regard chargé de mépris.

— *D'accord*, M. Button, fit-elle à mi-voix. *Très bien !* Mais si vous *saviez* dans quel état ça nous a tous mis ce matin ! C'est absolument scandaleux ! La clinique va avoir une réputation épouvantable...

— Dépêchez-vous ! dit-il d'une voix étranglée. J'en ai assez entendu !

— Par ici, M. Button.

Il la suivit en traînant les pieds. Au bout du couloir ils arrivèrent à une chambre d'où provenaient des hurlements divers – en fait, une chambre qu'on appellerait aujourd'hui « la salle des pleurs ». Ils entrèrent. Une demi-douzaine de berceaux à roulettes en émail blanc, avec une étiquette d'identification à la tête, étaient alignés tout autour de la pièce.

— Alors, demanda-t-il pantelant, lequel est le mien ?

— Celui-là ! dit l'infirmière.

M. Button dirigea son regard vers l'endroit désigné et voici ce qu'il découvrit :

Emmailloté d'une épaisse couverture blanche, et assis inconfortablement dans un berceau où l'on n'avait pu caser qu'une partie de son corps, se trouvait un vieillard âgé d'environ soixante-dix ans. Il était pourvu de cheveux clairsemés, presque blancs et, au menton, d'une longue barbe grise agitée, de manière fort incongrue, par le souffle du vent qui s'engouffrait par

19

la fenêtre. Il lança à M. Button un regard morne et éteint dans lesquel on pouvait lire une interrogation.

— Suis-je devenu fou ? tempêta M. Button chez qui l'angoisse avait laissé place à la colère. Est-ce une mauvaise plaisanterie de carabins ?

— Ce n'est pas une plaisanterie, répondit séchement l'infirmière. Et je ne sais pas si vous avez perdu la tête – mais ce qui est certain c'est qu'il s'agit bien de votre enfant.

M. Button fut pris de sueurs froides. Il ferma les yeux, les rouvrit puis regarda à nouveau. Il n'y avait pas d'erreur : il avait devant les yeux un homme de soixante-dix ans – ou plutôt un *bébé* de soixante-dix ans, un bébé dont les jambes pendaient de chaque côté du berceau dans lequel il reposait.

Le vieil homme les regarda tour à tour, puis il se mit à parler d'une voix chevrotante :

— Vous êtes mon père ? demanda-t-il.

M. Button et l'infirmière sursautèrent.

— Parce que si c'est le cas, dit-il d'un air de reproche, je voudrais que vous me sortiez de là – ou, du moins, que vous leur demandiez de me mettre dans un fauteuil confortable.

— D'où venez-vous ? Qui êtes-vous ? dit M. Button, laissant éclater sa colère.

— Je ne peux pas vous dire exactement qui je suis, répondit-il en geignant, parce que ça ne fait que quelques heures que je suis né mais je suis sûr que mon nom de famille est Button.

— Vous mentez ! Vous êtes un imposteur !

Le vieillard se retourna, l'air abattu, vers l'infirmière.

— Bel accueil pour un nouveau-né, gémit-il d'une voix faiblarde. Pourquoi vous ne lui dites pas, vous, qu'il se trompe ?

— Vous vous trompez, M. Button, dit froidement l'infirmière. C'est votre enfant, et il faudra que vous vous en accommodiez. Nous allons vous demander de le ramener chez vous dès que possible – dans la journée.

— Chez moi ? répéta, incrédule, M. Button.

— Oui, nous ne pouvons pas le garder ici. On ne peut pas, voyons !

— Tant mieux, gémit le vieillard. Ici ça va pour les jeunes, qui ne sont pas dérangés par grand-chose. Ça pleure, ça piaille : je n'ai pas réussi à fermer l'œil. J'ai demandé quelque chose à manger – et, d'une voix stridente, il s'insurgea – et ils n'ont rien trouvé de mieux à me donner qu'un biberon de lait !

M. Button s'effondra sur une chaise à côté de son fils et se cacha le visage dans les mains.

— Mon Dieu ! murmura-t-il, au comble de l'horreur. Que vont dire les gens ? Qu'est-ce que je dois faire ?

— Vous devez le ramener chez vous, insista l'infirmière, et tout de suite !

Une image grotesque et effroyable prit forme clairement sous les yeux de cet homme tourmenté – il se voyait déambuler dans les rues de la ville, au milieu de la foule, à côté de cette présence fantomatique ignoble.

— Ce n'est pas possible ! Pas possible ! pleurnichait-il.

Les gens allaient s'arrêter pour lui parler, et que pourrait-il dire ? Il faudrait qu'il présente ainsi ce septuagénaire : « Voici mon fils, qui est né ce matin. » Et le vieillard remettrait la couverture autour de lui et ils reprendraient la route, d'un pas lourd, longeraient les boutiques bondées du marché aux esclaves – pendant un court instant de désespoir M. Button avait regretté amèrement que son fils ne soit pas noir –, les jolies maisons des beaux quartiers, l'hospice…

— Voyons ! Ressaisissez-vous, ordonna l'infirmière.

— Mais, dit à son tour le vieillard, si vous croyez que je vais sortir enveloppé d'une couverture, vous vous trompez lourdement.

— Les bébés sont toujours enveloppés dans des couvertures.

Avec un ricanement de dépit et en brandissant un lange blanc il lança d'une voix tremblante :

— Regardez ce qu'ils avaient prévu de me mettre !

— C'est toujours ce que l'on met aux bébés, rétorqua l'infirmière, impassible.

— Eh bien, s'insurgea-t-il, le bébé qui vous parle va se mettre tout nu dans cinq minutes. Cette couverture me gratte. Ils auraient pu au moins me donner un drap.

— Ne l'enlève pas ! Ne l'enlève pas ! implora M. Button qui se retourna vers l'infirmière :

— Comment faire ?

— Allez en ville lui acheter des vêtements.

M. Button était déjà dans le couloir quand il entendit son fils crier :

— Et une canne, père. Je veux une canne.

M. Button claqua violemment la porte d'entrée derrière lui…

II

M. Button salua l'employé du Comptoir des tissus de la baie de Chesapeake, en bredouillant :

— Bonjour, je voudrais des vêtements d'enfant.

— C'est pour un enfant de quel âge ?

— Environ six heures, répondit M. Button spontanément.

— Rayon bébé, au fond du magasin.

— Euh, je ne crois pas – je ne pense pas – que cela va lui aller. C'est – c'est un bébé extrêmement grand. D'une corpulence – exceptionnelle.

— Pas de problèmes : nous vendons de très grandes tailles.

— Où est le rayon enfant ? demanda M. Button, se ravisant, en désespoir de cause car il avait l'impression que l'employé avait subodoré son infamant secret.

— Par ici.

— Bien…

Il marqua un temps d'arrêt. L'idée d'habiller son fils dans des vêtements d'adulte lui faisait horreur. Si, disons, il arrivait à trouver un habit d'enfant très large, il pourrait lui couper cette longue barbe horrible, lui teindre les cheveux, et ainsi dissimuler cette ignominie, et préserver un semblant de respectabilité – y compris son propre rang au sein de la bonne société de Baltimore. Mais une recherche effrénée menée dans le rayon enfant ne lui permit pas de trouver un costume convenable pour un nouveau-né. Le blâme revint au magasin – dans une telle situation on s'en prend évidemment toujours au magasin.

— Quel âge m'avez-vous dit qu'avait votre enfant ? l'interrogea l'employé avec curiosité.

— Il a… seize ans.

— Oh, je vous demande pardon. J'avais compris six heures. Le rayon junior est dans l'allée suivante.

M. Button s'éloigna, piteux. Puis il s'arrêta, son visage s'éclaira et il montra du doigt un mannequin qui se trouvait dans la vitrine :

— Ça ! s'exclama-t-il. Je vais prendre ce costume-là.

L'employé le regarda, interloqué et désapprouva son choix :

— Ah non, ce n'est pas un costume pour enfant. Enfin, c'en est un… mais comme déguisement. Il pourrait vous aller, à vous !

Le client, fébrile, s'obstina :

— Emballez-le-moi. C'est celui-là que je veux.

L'employé, étonné, s'exécuta.

De retour à l'hôpital, M. Button pénétra dans la nursery et jeta presque le paquet à la tête de son fils.

— Voilà tes vêtements !

Le vieillard déballa le paquet et inspecta son contenu, l'air intrigué.

— Ils ont une drôle d'allure, maugréa-t-il. Je n'ai pas envie d'avoir l'air ridicule…

— C'est toi qui me fais honte ! rétorqua M. Button d'un ton féroce. Tant pis si tu as drôle d'allure. Mets-les – ou sinon – sinon – je vais te donner une fessée.

Il eut du mal à prononcer le dernier mot, même s'il sentait bien que c'était le terme qu'il devait employer.

— D'accord, père, répondit-il sur un ton simulant de façon grotesque le respect que devait un fils à son père. Tu as plus d'expérience que moi en la matière ; tu sais mieux que moi, alors je vais faire ce que tu veux.

Le mot de « père » fit de nouveau tressaillir M. Button.

— Et plus vite que ça.

— Je me dépêche, père.

Une fois son fils habillé, M. Button, l'air accablé, l'examina de pied en cap. Le déguisement se composait de chaussettes à pois, d'un pantalon rose et d'une chemise avec un grand col blanc. On voyait sur celui-ci onduler la longue barbe blanche qui descendait presque jusqu'à la ceinture. C'était du plus mauvais effet.

— Ne bouge plus !

M. Button s'empara de grands ciseaux qui traînaient dans le service et en trois coups raccourcit considérablement sa barbe. Mais même ainsi, l'ensemble était loin d'être parfait : ses rares cheveux formant houppette, les yeux glauques et les vieilles dents détonnaient avec les couleurs vives de son accoutrement. Néanmoins, M. Button s'obstina et lui tendit la main.

— Viens avec moi, dit-il d'un ton cassant.

Son fils, confiant, lui prit la main. En sortant de la nursery il lui dit de sa voix chevrotante :

— Quel nom vas-tu me donner, papa ? – « bébé » pour l'instant ? En attendant de trouver quelque chose de mieux ?

M. Button grogna et d'un air revêche lui dit :

— Je n'en sais rien. Je crois qu'on va t'appeler Mathusalem.

III

Même après avoir coupé les rares cheveux de l'héritier de la famille Button, lui avoir fait une couleur d'un brun douteux, l'avoir rasé de si près qu'il en avait les joues toutes luisantes et l'avoir affublé d'un costume de petit garçon qu'un tailleur, sidéré, lui avait fait sur mesure, il était impossible à M. Button de ne pas admettre que son fils était un piètre spécimen, surtout pour un premier enfant. Malgré ses épaules voûtées, Benjamin Button – puisque c'était le nom qu'on lui avait donné à la place de celui, approprié mais ô combien déplacé, de Mathusalem – mesurait un bon mètre soixante-quinze. La façon dont il était habillé ne pouvait cacher cet état de fait, pas plus que ses sourcils, que l'on avait taillés et teints également, ne pouvait faire oublier son regard glauque, terne et fatigué. En fait, la nourrice qu'ils avaient engagée avant la naissance fut tellement scandalisée quand elle le vit pour la première fois qu'elle quitta la maison sur-le-champ.

Mais M. Button n'en démordait pas : Benjamin était un bébé et devait rester un bébé. Au début il déclara que si Benjamin n'aimait pas le lait chaud il n'aurait rien d'autre à manger, mais finalement il consentit à ce qu'il prenne du pain beurré et même, à la rigueur, de la bouillie d'avoine. Un jour, il lui ramena un hochet et insista lourdement pour qu'il l'utilise : le vieillard le prenait – d'un air résigné – et l'agitait docilement de temps à autre, au cours de la journée.

Cependant, nul doute que le hochet l'ennuyait prodigieusement, et que, quand il était seul, il trouvait d'autres moyens, plus reposants, de se distraire.

C'est ainsi qu'un jour M. Button constata que sa réserve de cigares avait beaucoup diminué par rapport à la semaine précédente – une anomalie qui trouva son explication quelques jours plus tard, quand, en entrant inopinément dans la chambre de l'enfant, il retrouva Benjamin, auréolé d'un nuage de fumée bleu et qui essayait, l'air confus, de cacher dans ses doigts un mégot de havane. Il aurait mérité une bonne raclée, mais M. Button ne put se résoudre à la lui administrer. Il l'avertit simplement que cela allait « l'empêcher de grandir ».

Et il ne changea pas d'attitude pour autant. Il lui ramenait des soldats de plomb, des petits trains, de charmants animaux en tissu, et, pour entretenir – au moins vis-à-vis de lui-même – cette illusion, il demandait avec insistance au vendeur du magasin de jouets si « la peinture ne risquait pas de partir si le bébé portait le canard rose à sa bouche ». Mais, quels que soient les efforts que déployait son père, Benjamin ne manifestait pas le moindre intérêt. Il descendait en catimini l'escalier de derrière et revenait dans sa chambre avec un volume de l'*Encyclopedia Britannica*, avec lequel il passait l'après-midi, sans prêter la moindre attention aux vaches et à l'arche de Noé miniatures qui étaient par terre. Face à tant d'entêtement, les efforts de M. Button ne servaient pas à grand-chose.

Lorsque la nouvelle se répandit, cela fit véritablement sensation à Baltimore. Heureusement pour les Button, la guerre de Sécession qui venait d'éclater fit diversion parmi l'opinion et leur épargna un désastre épouvantable.

Les rares personnes à qui la courtoisie ne faisait jamais défaut durent se creuser la cervelle pour trouver des formules de félicitation adéquates à adresser aux parents – ils eurent finalement l'ingénieuse idée de déclarer que le bébé ressemblait à son grand-père, ce qui, étant donné l'état habituel de décrépitude dans lequel se trouvent les hommes à l'âge de soixante-dix ans, ne pouvait être contesté. Cela ne fit pas plaisir à M. et Mme Roger Button et outragea terriblement le grand-père de Benjamin.

Benjamin, une fois sorti de la maternité, prit la vie comme elle venait. On lui fit rencontrer d'autres petits garçons, et il passa un après-midi inoubliable, tant la douleur était vive pour ses articulations, à essayer de trouver un quelconque intérêt à jouer à la toupie et aux billes – il réussit même, tout à fait accidentellement, à casser une fenêtre de la cuisine d'un coup de fronde, un exploit dont son père se réjouit secrètement.

Par la suite Benjamin s'ingénia à casser une chose par jour, d'abord parce qu'il sentait qu'on attendait cela de lui, ensuite parce qu'il était d'un caractère obligeant.

Passée l'antipathie initiale que son propre grand-père avait éprouvé à l'égard de Benjamin, cet homme vénérable tira un vif plaisir de la compagnie de son petit-fils, et réciproquement. Eux, si éloignés tant par leur âge que par leur vécu, bavardaient pendant des heures, et, comme de vieilles connaissances, semblaient ne pas se lasser de commenter les menus événements de leur journée respective. Benjamin se sentait plus à l'aise avec son grand-père qu'avec ses propres parents – ces derniers paraissaient toujours ressentir une certaine appréhension à son égard et, quoiqu'ils fissent preuve d'une autorité sans faille envers lui, ils l'appelaient souvent « Monsieur ».

Il n'était pas le dernier à être étonné de l'âge, apparemment avancé, de corps et d'esprit, qu'il avait à la naissance. Il consulta les revues médicales mais n'y trouva aucun exemple d'un cas similaire. Sur les instances de son père, il fit de louables efforts pour jouer avec les garçons de son âge dont il partageait souvent les jeux à condition que ceux-ci ne soient pas aussi brutaux que le football où il risquait de se rompre les os qui, vu leur état d'usure, ne se ressouderaient plus.

Il entra à l'école maternelle à cinq ans : on lui apprit à coller une feuille verte sur une feuille orange, à colorier des cartes et à fabriquer les éternels colliers en carton. Il avait tendance à s'endormir en accomplissant ces tâches, une mauvaise habitude qui agaçait autant qu'elle effrayait sa jeune institutrice. Il fut grandement soulagé lorsqu'elle s'en plaignit à ses parents, qui le retirèrent de l'école. Les Button expliquèrent à leurs amis qu'ils avaient l'impression qu'il était encore trop jeune pour aller à l'école.

Quand il atteignit l'âge de douze ans, ses parents s'étaient habitués à lui. En effet, la force de l'habitude est si grande qu'ils ne le trouvaient plus différent des autres à présent – excepté quand quelque étrange anomalie le leur rappelait. Un jour, peu après son douzième anniversaire, en se regardant dans la glace, Benjamin fit, ou du moins crut faire, une étonnante découverte. N'était-ce qu'une impression ou ses cheveux, dont on devinait la racine sous la teinture, étaient-ils vraiment, en douze ans, passés du blanc au gris ? Les rides de son visage n'étaient-elles pas moins prononcées ? N'avait-il pas la peau plus ferme et plus belle et même pris quelques couleurs ? Difficile à dire.

Il savait qu'il se tenait plus droit et que sa condition physique s'était améliorée depuis sa naissance.

— Est-ce possible ?… se dit-il, ou plutôt osait-il à peine se dire.

Il alla voir son père et lui déclara solennellement :

— Maintenant que je suis grand, je ne veux plus mettre de culottes courtes.

Son père hésita et lui dit finalement :

— Je ne sais pas trop mais d'habitude on en met jusqu'à l'âge de quatorze ans et tu n'as que douze ans.

— Mais tu dois reconnaître, s'exclama Benjamin, que je suis grand pour mon âge.

Son père le regarda comme s'il considérait la question et répliqua :

— Rien n'est moins sûr. À douze ans j'étais aussi grand que toi.

Ce n'était pas vrai – tout cela faisait partie de l'illusion que se donnait implicitement Roger Button d'avoir un fils tout à fait normal.

Finalement ils arrivèrent à un compromis. Benjamin continuerait à se teindre les cheveux. Il ferait davantage d'efforts pour jouer avec les enfants de son âge. Il marcherait sans canne et ne porterait pas de lunettes dans la rue. En échange de ces concessions, on lui offrit son premier pantalon...

IV

Sur la vie de Benjamin Button entre sa douzième et sa vingt-et-unième année je ne m'étendrai pas. On retiendra seulement que ce furent des années de décroissance normale. À dix-huit, ans Benjamin avait l'allure d'un homme de cinquante ans ; ses cheveux avaient épaissi et n'étaient plus que grisonnants ; il avait la démarche assurée et une belle voix de baryton, nettement plus grave et plus du tout chevrotante. Son père l'envoya donc dans le Connecticut pour passer l'examen d'entrée de l'université de Yale. Benjamin réussit cet examen et entra en première année.

Trois jours après son inscription, il fut convoqué dans le bureau de M. Hart, le chef de la scolarité, pour finaliser son emploi du temps. Benjamin, après s'être regardé dans la glace, trouva qu'il avait les cheveux trop gris et qu'il fallait les colorer un peu, mais malgré tous ses efforts il ne réussit pas à mettre la main sur la bouteille de teinture qui aurait dû se trouver dans le tiroir de sa commode. Jusqu'à ce qu'il se souvienne l'avoir terminée la veille et mise à la poubelle.

Il se trouvait dans de beaux draps. Son rendez-vous avec le chef de la scolarité était dans cinq minutes. Il n'avait pas d'autre solution : il fallait qu'il y aille comme ça. C'est ce qu'il fit.

Le chef de la scolarité le salua en lui disant :

— Bonjour. Vous êtes venu pour votre fils.

— Bon, en fait, je m'appelle Button… avertit Benjamin, qui fut coupé par M. Hart :

— Je suis content de vous rencontrer, M. Button. Votre fils doit arriver d'une minute à l'autre.

— Le fils, c'est moi ! lâcha Benjamin. C'est moi qui suis en première année.

— Quoi ?

— Je suis en première année.

— C'est une plaisanterie.

— Pas du tout.

M. Hart fronça les sourcils et jeta un coup d'œil à la fiche qu'il avait sous les yeux.

— Ici c'est marqué que M. Benjamin Button a dix-huit ans.

— C'est exact, j'ai dix-huit ans, avança Benjamin, en rougissant un peu.

Le chef de la scolarité l'examina, avec agacement, et fit :

— Voyons, M. Button, vous ne croyez tout de même pas que je vais vous croire.

L'air abattu, Benjamin sourit et répéta :

— Je vous assure je n'ai que dix-huit ans.

L'autre, implacable, lui montra la porte et lui lança :

— Hors d'ici ! Quittez immédiatement cette université et cette ville par la même occasion. Vous êtes fou à lier !

— Mais c'est vrai, j'ai dix-huit ans.

M. Hart ouvrit la porte et hurla :

— Un homme de votre âge qui essaye de rentrer en première année. Vous dites que vous avez dix-huit ans, hein ? Eh bien je vous donne dix-huit minutes pour disparaître de cette ville.

Benjamin Button sortit du bureau avec dignité, et la demi-douzaine d'étudiants qui attendaient dans le couloir le suivirent du regard avec curiosité. Après avoir fait quelques pas, il se retourna et regarda le chef de la scolarité, qui, hors de lui, se tenait toujours dans l'encadrement de la porte, et il déclara à nouveau, d'une voix ferme :

— J'ai dix-huit ans.

L'hilarité que ces paroles déclenchèrent chez les étudiants grandit à mesure que Benjamin s'éloignait.

Mais il était dit qu'il ne s'échapperait pas aussi facilement. En marchant, tristement, en direction de la gare, il s'aperçut qu'il était suivi par des étudiants, une poignée, au départ, puis une cohorte qui grossit rapidement jusqu'à devenir une foule compacte.

Le bruit avait couru qu'un fou avait réussi l'examen d'entrée à Yale et essayait de se faire passer pour un jeune de dix-huit ans. L'université était en effervescence. Des étudiants sortaient de leur salle de cours en courant, les joueurs de football cessaient de s'entraîner pour se joindre à la foule, les femmes des professeurs, la coiffure en désordre et la tournure de travers, poursuivaient, en braillant, la meute des agités, d'où fusait une bordée de lazzis destinés à blesser la sensibilité de Benjamin Button.

— Revoilà le Juif errant !

— Il devrait être encore au lycée à son âge.

— Regardez l'enfant prodige. Il s'est cru à l'hospice.

— Va à Harvard !

Benjamin pressa le pas et se mit bientôt à courir. Il allait leur montrer !

Il irait à Harvard et il leur ferait regretter ces quolibets déplacés !

Dès qu'il fut dans le train de Baltimore, hors de leur portée, il passa la tête par la fenêtre et hurla :

— Vous le regretterez !

« Ah ! Ah ! » Les étudiants s'esclaffaient. « Ah ! Ah ! Ah ! » Ce fut la plus grande erreur commise par l'université de Yale…

V

En 1880, Benjamin Button fêta son vingtième anniversaire ; cela marqua le début de sa collaboration au sein de l'entreprise paternelle, Roger Button et Cⁱᵉ, grossiste en quincaillerie. C'est aussi cette année-là qu'il se mit à « sortir » – en insistant, son père parvint à l'emmener dans quelques soirées huppées. Roger Button avait, à présent, cinquante ans, et lui et son fils avaient de plus en plus d'affinités – en fait, depuis que Benjamin avait cessé de se teindre les cheveux (qui étaient encore grisonnants) ils paraissaient avoir le même âge, et auraient pu passer pour des frères.

Un soir du mois d'août, ils grimpèrent dans le phaéton vêtus de leurs plus beaux costumes et se rendirent à une soirée dansante organisée dans la maison de campagne des Shevlin, située en banlieue de Baltimore. Le temps était magnifique. La route, nimbée par la lumière de la pleine lune, avait la couleur gris bleuté du platine et les fleurs des champs de la fin de l'été embaumaient l'air paisible de leurs parfums, aussi discrets que des rires étouffés. Les champs, recouverts sur des kilomètres à la ronde par les blés chatoyants, étincelaient comme en plein jour. Il était presque impossible de ne pas être ému par la beauté radieuse du ciel – presque.

— Le textile est une branche qui a de l'avenir, dit Roger Button.

Ce n'était pas un intellectuel – son sens esthétique était rudimentaire.

— Quand on est vieux, comme moi, on n'arrive plus à s'adapter, remarqua-t-il avec sagacité. Vous les jeunes, qui débordez d'énergie et de vitalité, vous avez tout l'avenir devant vous.

Ils aperçurent les lumières de la maison de campagne des Shevlin au loin, et, à présent, une plainte montait vers eux de manière continue – peut-être les doux sanglots des violons ou le frémissement des blés argentés sous la lune.

Ils s'arrêtèrent derrière un élégant brougham, garé, prêt à décharger ses passagers. Une dame en descendit, suivie d'un vieux monsieur et d'une autre jeune femme, belle comme un ange. Benjamin tressaillit ;

les éléments de son corps semblèrent se dissoudre et se recomposer comme sous l'effet d'une réaction chimique. Il reçut un choc, le sang lui monta aux joues et au front, et il sentit battre ses tempes. C'était son premier amour.

Cette jeune fille était mince et frêle, sa chevelure était cendrée sous la lumière de la lune et dorée sous les lampes à gaz qui crépitaient dans le vestibule. Elle avait les épaules recouvertes d'une mantille espagnole jaune pâle bordée de noir ; ses pieds ressemblaient à des boutons qui brillaient sous l'ourlet de sa robe à crinoline.

Roger Button se pencha vers son fils et lui dit :

— C'est la jeune Hildegarde Moncrief, la fille du général Moncrief.

Benjamin, flegmatique, opina du bonnet et déclara d'un ton détaché :

— Elle est jolie.

Mais lorsque le serviteur noir eut emmené leur voiture, il ajouta :

— Papa, tu pourrais peut-être me présenter à elle.

Ils s'approchèrent d'un groupe qui s'était formé autour de mademoiselle Moncrief. Élevée dans la tradition, elle fit une grande révérence à Benjamin. Oui, elle lui accorderait une danse. Il la remercia et s'éloigna – en chancelant.

Le temps qu'il lui fallut attendre avant que ne vînt son tour lui parut une éternité. Il resta debout, près du mur, sans dire un mot, l'air impénétrable, à regarder d'un mauvais œil les soupirants, venus de Baltimore, tourner autour d'Hildegarde Moncrief, béats d'admiration devant elle. Comme ils paraissaient odieux à Benjamin ! Quel badinage insupportable ! Leurs favoris bruns frisés lui donnaient presque la nausée.

Mais dès que vint son tour, et qu'il s'élança avec elle vers la piste de danse sur l'air de la dernière valse venue de Paris, sa jalousie et son angoisse fondirent comme neige au soleil. Ébloui, il avait le sentiment que la vie commençait.

— Votre frère et vous êtes arrivés en même temps que nous ? demanda Hildegarde, en levant vers lui ses yeux bleu faïence.

Benjamin marqua une hésitation. Si elle le prenait pour le frère de son père, ne fallait-il pas la détromper ? Son expérience à Yale lui revint en mémoire et il renonça. Cela ne se fait pas de contredire les dames ; ce serait un crime que de gâcher cette magnifique occasion en lui racontant l'histoire ridicule de sa naissance. Plus tard, peut-être. C'est la raison pour laquelle il opina, sourit, écouta et jubila intérieurement.

— J'aime les hommes de votre âge, lui confia Hildegarde. Les jeunes sont si bêtes. Ils me racontent combien de bouteilles de champagne ils ont bues en soirée et combien d'argent ils ont perdu en jouant aux cartes. À votre âge, les hommes savent apprécier les femmes.

Benjamin se sentit prêt à lui faire une déclaration – mais en faisant un effort sur lui-même il réprima cette envie.

Elle poursuivit :

— Vous avez vraiment l'âge idéal – cinquante ans. À vingt-cinq ans on est trop terre à terre ; à trente ans on a de fortes chances d'être épuisé par son travail ;

à quarante ans on raconte des histoires tellement interminables qu'il faut fumer des cigares pour prendre le temps de les raconter ; à soixante ans – ah, soixante c'est trop près de soixante-dix ; mais cinquante c'est le bel âge. C'est l'âge que j'aime.

Cinquante paraissait en effet être pour Benjamin l'âge parfait. Il brûlait d'avoir cinquante ans.

— J'ai toujours dit, continua Hildegarde, que je préférerais épouser un homme de cinquante ans qui s'occupe de moi plutôt qu'un homme de trente ans dont je devrais m'occuper, *moi*.

Benjamin passa le reste de la soirée sur un petit nuage. Hildegarde lui accorda deux autres danses et ils découvrirent qu'ils partageaient miraculeusement le même point de vue sur toutes les questions d'actualité. Elle lui donna rendez-vous pour aller se promener le dimanche suivant et poursuivre leur conversation.

Dans le phaéton qui les reconduisit chez eux à l'aube, à l'heure où les abeilles commençaient à bourdonner et où la lune jetait ses derniers reflets sur la rosée nocturne, Benjamin entendit confusément son père parler de leur activité de grossiste en quincaillerie.

— ... Et, à ton avis, de quoi devrait-on s'occuper, à part de marteaux et de clous ? demanda le père Button.

— D'amour, répliqua Benjamin, d'un air distrait.

— D'anneaux ! s'exclama Roger Button. Oui, j'y avais déjà pensé.

Benjamin le regarda d'un air médusé, tandis que le jour pointait soudain à l'est, et que l'on entendait le pépiement sonore d'un oriole dans les arbres qui défilaient…

VI

Quand, six mois plus tard, on apprit les fiançailles de mademoiselle Hildegarde Moncrief avec M. Benjamin Button (je dis « on apprit » car le général Moncrief aurait préféré s'empaler avec son sabre plutôt que de l'annoncer), Baltimore entra en ébullition. On se rappela l'histoire, presque oubliée, de la naissance de Benjamin Button, qui fut, à grand tapage, disséminée aux quatre vents dans des versions rocambolesques et abracadabrantes. On racontait qu'en réalité Benjamin était le père de Roger Button, ou que c'était un frère qui avait passé quarante ans en prison, ou encore que c'était l'identité sous laquelle se cachait John Wilkes Booth – et même, qu'il avait deux petites cornes qui lui poussaient sur le front.

Les suppléments du dimanche des journaux new-yorkais participaient à faire enfler la rumeur en publiant des dessins troublants qui montraient la tête de Benjamin Button sur un corps de poisson, ou de serpent, et même d'une statue en bronze. Dans les journaux, quand on parlait de lui on le nommait l'« Homme Mystérieux du Maryland ». Mais sa véritable histoire, comme c'est souvent le cas, était très peu connue.

Toutefois, tout le monde approuvait le général Moncrief qui trouvait « criminel » de laisser une jolie fille qui aurait pu épouser n'importe quel beau garçon de Baltimore se jeter dans les bras d'un homme qui avait bien cinquante ans. Roger Button essaya, vainement, de faire publier, en grosses lettres, l'acte de naissance de son fils dans le *Baltimore Blaze*, personne ne le crut. Il suffisait juste d'ouvrir les yeux et de regarder Benjamin.

Mais cela ne fit pas fléchir les deux personnes qui étaient le plus concernées. Hildegarde avait entendu tellement d'histoires invraisemblables sur son fiancé qu'elle refusait obstinément d'en croire une seule, y compris la vérité. C'est en vain que le général Moncrief l'avertit des risques de mortalité élevés chez les hommes de cinquante ans – ou du moins chez les hommes qui paraissaient cinquante ans ; en vain qu'il lui expliqua les incertitudes liées au commerce en gros dans le domaine de la quincaillerie. Hildegarde avait décidé de se marier avec un homme mûr, et c'est ce qu'elle fit.

VII

Il est, en tout cas, un sujet sur lequel les amis d'Hildegarde Moncrief se trompèrent lourdement. Le commerce de quincaillerie en gros connut une prospérité exceptionnelle. En quinze ans, depuis le mariage de Benjamin Button en 1880 jusqu'au moment où son père se retira des affaires en 1895, la fortune de la famille avait doublé – et cela sous l'impulsion principale de Button fils.

Inutile de dire que le jeune couple finit par être reçu au sein de la bonne société de Baltimore. Même le général Moncrief se réconcilia avec son beau-fils quand Benjamin lui donna l'argent nécessaire pour faire paraître son *Histoire de la guerre de Sécession* en vingt volumes qui avait été refusée par neuf grands éditeurs.

Benjamin lui-même avait beaucoup changé en quinze ans. Le sang qui coulait dans ses veines semblait revigoré. Il se mit à éprouver un véritable plaisir à se lever le matin, à courir les rues dans la foule et la chaleur, à travailler sans relâche à faire fructifier ses expéditions de marteaux et ses cargaisons de clous. C'est en 1890 qu'il réussit un coup de maître : il demanda que tous les clous utilisés pour la fabrication des caisses dans lesquelles on expédiait les clous soient reconnus comme restant propriété de l'expéditeur, une proposition qui devint une règle, entérinée par le Président de la Cour suprême, ce qui permit à la société Roger Button, Quincaillerie en Gros, *d'économiser plus de six cents clous par an*.

De plus, Benjamin s'aperçut qu'il était de plus en plus attiré par les bons côtés de la vie. On ne peut trouver meilleure illustration de son envie grandissante de distraction que le fait qu'il fut le premier habitant de Baltimore à posséder et à conduire une automobile. En le croisant dans la rue, ses contemporains regardaient avec envie ce modèle de vitalité et de santé.

— Il semble rajeunir d'année en année, observaient-ils. Et si le vieux Roger Button, âgé à présent de soixante-cinq ans, n'avait pas réservé à son fils

41

l'accueil qu'il méritait, il se rachetait alors en étant presque en adoration devant lui.

Et nous en venons à un sujet sur lequel il sera bon de ne pas s'étendre. Il n'y avait qu'une chose qui inquiétait Benjamin Button : il ne ressentait plus d'attirance pour sa femme.

À l'époque Hildegarde avait trente-cinq ans et un fils de quatorze ans, Roscoe. Au tout début de leur mariage, Benjamin était profondément épris d'elle. Mais, au fil des ans, sa chevelure dorée prit une couleur moins attrayante, le bleu faïence de ses yeux s'était délavé comme de la vaisselle usagée – en outre, et avant tout, elle était devenue trop sérieuse, trop placide, trop paisible, manquant cruellement d'enthousiasme et surtout d'un conformisme désespérant. Quand ils étaient jeunes mariés, c'était elle qui « traînait » Benjamin aux dîners et aux soirées dansantes – mais à présent c'était l'inverse. Ils avaient une vie sociale certaine mais elle s'y pliait sans enthousiame, déjà atteinte par cette langueur infinie qui nous gagne tous un jour et nous accompagne jusqu'à la fin de notre existence.

Son insatisfaction grandissait au fil du temps. Quand éclata la guerre américano-espagnole de 1898, il trouvait si peu de plaisir à être chez lui qu'il s'engagea dans l'armée. Grâce à son importance dans les affaires, il obtint le grade de capitaine, et remplit si bien sa mission qu'il prit du galon et fut promu commandant, et finalement devint lieutenant-colonel, à point nommé pour participer à la célèbre charge de San Juan Hill. Il fut légèrement blessé et on lui décerna une médaille.

Benjamin s'était si bien fait aux activités palpitantes de la vie militaire que c'est à regret qu'il abandonna celle-ci, mais ses affaires l'appelaient et il démissionna donc pour rentrer chez lui. Une fanfare l'attendait à la gare et l'escorta jusqu'à son domicile.

VIII

Hildegarde, qui agitait un grand drapeau en soie, était sur le pas de la porte pour l'accueillir, et dès qu'il l'embrassa il sentit, le cœur triste, que ces trois années les avaient éloignés l'un de l'autre. Elle avait désormais quarante ans et quelques cheveux gris. Il se sentit abattu par cette constatation.

Dès qu'il pénétra dans sa chambre, son miroir lui renvoya son image – il s'en approcha avec inquiétude pour examiner son visage et, un instant après, le compara au portrait photographique pour lequel il avait posé en uniforme avant de partir à la guerre.

— Mon Dieu ! s'exclama-t-il.

Le processus continuait. Il n'y avait aucun doute – il paraissait maintenant trente ans. Au lieu de s'en réjouir, il éprouva une sensation de malaise – il rajeunissait de jour en jour. Il avait jusqu'alors espéré que, lorsque son apparence physique coïnciderait avec son âge réel, le phénomène aberrant dont il était victime depuis sa naissance s'arrêterait de lui-même. Il frémit de tout son corps. Son destin lui semblait incroyable et affreux.

Quand il redescendit, Hildegarde l'attendait. Elle semblait irritée et il se demandait si elle n'avait pas, enfin, découvert qu'il y avait quelque chose qui ne tournait pas rond.

Afin d'apaiser la tension, il tâcha, au dîner, d'aborder le sujet avec ce qu'il pensait être une certaine délicatesse.

— Tout le monde me dit, fit-il sur un ton enjoué, que je fais de plus en plus jeune.

Hildegarde le regarda d'un air méprisant et lui lança avec dédain :

— Tu crois vraiment qu'il y a de quoi s'en vanter ?

— Je ne m'en vante pas, répondit-il, embarrassé.

Elle fit à nouveau la grimace et dit :

— Quelle idée !

Puis après quelques secondes :

— Je pensais que tu aurais mis fin à tout cela par fierté.

— Et comment le pourrais-je ? demanda-t-il.

— Je préfère ne pas en discuter, rétorqua-t-elle. Il y a toujours une bonne et une mauvaise façon de faire les choses. Si tu t'es mis en tête de faire autrement que les autres, je ne crois pas que je puisse t'en empêcher, mais je ne trouve pas cela très juste à mon égard.

— Mais, Hildegarde, je n'y peux rien.

— Il suffit de vouloir. Mais tu es trop entêté. Tu ne veux pas être comme tout le monde. Tu as toujours été comme ça et tu le seras toujours. Mais pense un peu à ce qui se passerait si tout le monde faisait comme toi – dans quel monde vivrions-nous ?

Comme c'était un argument stupide et inconsistant, Benjamin ne répondit pas, et, à partir de ce moment-là, la distance entre eux ne fit que croître. Il se demandait comment elle avait pu, jadis, exercer une attraction sur lui.

L'écart se creusa encore davantage quand, à l'orée du nouveau siècle, son désir de s'amuser s'accrut encore.

Il n'y avait pas à Baltimore une soirée, quelle qu'elle fût, à laquelle il n'assistât, dansant avec les plus belles épouses, discutant avec les jeunes filles les plus courtisées, et trouvant leur compagnie charmante, tandis que sa femme, douairière de mauvais augure, faisait banquette avec les chaperons, soit en l'observant d'un œil méprisant et désapprobateur, soit en le suivant d'un regard compassé, étonné et plein de reproches.

— Regardez, disaient les gens. Quel malheur ! Un homme si jeune avec une femme de quarante-cinq ans. Il a au moins vingt ans de moins qu'elle.

Ils avaient oublié – comme on oublie toujours – que dans les années 1880 leur papa et leur maman avaient fait les mêmes remarques sur ce couple mal assorti.

Benjamin trouva de nouveaux centres d'intérêt qui compensèrent son malheur conjugal, de plus en plus grand. Il se mis au golf et y excella. Il apprit à danser : en 1906, c'était un spécialiste du « boston », et en 1908 on le considérait comme très doué pour la « matchiche », enfin en 1909, sa manière de danser le « castle walk » rendait jaloux tous les jeunes hommes de la ville.

Sa vie sociale n'était, évidemment, pas sans conséquences sur ses affaires, mais, après tout, il s'était consacré entièrement pendant vingt-cinq ans à son commerce de grossiste en quincaillerie et il trouvait qu'il pourrait bientôt passer les rênes à son fils, Roscoe, qui venait de sortir de Harvard.

On les prenait d'ailleurs souvent tous les deux l'un pour l'autre. Cela faisait plaisir à Benjamin – il oublia rapidement la crainte insidieuse qu'il avait éprouvée à son retour de la guerre américano-espagnole, et se mit à tirer naïvement vanité de son allure juvénile. Il n'y avait qu'une épine à ce pied bien tourné – il détestait paraître en public avec sa femme. Hildegarde avait presque cinquante ans, et il se sentait ridicule en sa compagnie…

IX

Un beau jour de septembre 1910 – quelques années après que le jeune Roscoe Button eut pris la direction de l'entreprise Roger Button et Cie –, un homme, qui semblait avoir une vingtaine d'années, s'inscrivit en première année à l'université de Harvard à Cambridge. Il ne commit pas l'erreur de dire qu'il avait plus de cinquante ans, ni d'avouer que son fils était sorti diplômé de cette même université dix ans auparavant.

Il fut admis, et parvint rapidement à avoir une position enviée dans sa classe, notamment parce qu'il donnait l'impression d'être un peu plus âgé que les autres étudiants de première année, qui avaient tous environ dix-huit ans.

Mais son succès était dû pricipalement au match de football extraordinaire qu'il avait fait contre l'équipe de Yale. Il avait joué ce jour-là avec tant de panache, tant de rigueur, tant de détermination et une telle aisance qu'il avait marqué sept essais et quatorze bottés de placement pour Harvard et avait provoqué la sortie, un par un, des onze joueurs de départ de l'équipe de Yale en les mettant KO. Il devint, ainsi, l'étudiant le plus célèbre de l'université.

Aussi étrange que cela puisse paraître, en troisième année, il fut rarement sélectionné dans l'équipe. Les entraîneurs disaient qu'il avait maigri, et les plus observateurs d'entre eux avaient l'impression qu'il était moins grand qu'avant. Il ne marquait plus d'essais – en vérité, on ne le retenait dans l'équipe qu'avec l'espoir que sa réputation extraordinaire effraye et désorganise l'équipe de Yale.

En dernière année, il ne fut jamais sélectionné dans l'équipe. Il était devenu si chétif et si frêle qu'un jour, des étudiants de deuxième année le prirent pour un première année. Cet incident l'humilia profondément. Il fut considéré alors comme un prodige – un étudiant de dernière année qui n'avait sûrement pas plus de seize ans – et était souvent époustouflé par la culture de ses condisciples. Ses matières lui paraissaient plus ardues – trop complexes. Il avait entendu des camarades de classe parler de St-Midas, la célèbre institution dans laquelle beaucoup d'entre eux avaient préparé leur entrée à l'université, et il décida qu'après avoir eu son diplôme il entrerait à St-Midas, un endroit qui lui conviendrait davantage car il y retrouverait des garçons de sa taille.

Quand il eut terminé ses études, en 1914, il rentra à Baltimore avec son diplôme de Harvard en poche. Comme Hildegarde résidait à présent en Italie, il alla habiter chez son fils, Roscoe. Bien qu'il ne fût pas mal reçu chez ce dernier, Roscoe n'éprouvait manifestement pas une grande tendresse envers lui – on pouvait même percevoir chez le fils le sentiment que ce père qui traînassait dans la maison avec l'apathie des adolescents était plutôt une gêne. Roscoe, qui était marié et faisait désormais partie des notables de Baltimore, ne voulait pas, dans sa famille, d'un élément qui puisse faire scandale.

Benjamin, à présent *persona non grata* auprès des débutantes et des étudiants, se sentit vraiment mis à l'écart et condamné à la compagnie de trois ou quatre garçons d'une quinzaine d'années qui habitaient dans le quartier. Il se souvint alors de son projet d'entrée à l'institution St-Midas.

— Tu te souviens, fit-il un jour à Roscoe, que je t'ai déjà dit plusieurs fois que je voulais m'inscrire en terminale.

— Eh bien vas-y, répliqua séchement Roscoe.

C'était un sujet qui le fâchait, et il souhaitait éviter de l'aborder.

— Je ne peux pas y aller tout seul, dit Benjamin, désarmé. Il faut que ce soit toi qui m'y emmènes et m'y inscrives.

— Je n'ai pas le temps, déclara Roscoe d'un ton cassant.

Il plissa les yeux et, mal à l'aise, regarda son père. Il ajouta :

— En fait, tu ferais mieux de ne plus penser à ça. Tu ferais bien d'arrêter. Tu f'rais bien – tu f'rais bien…

Il s'arrêta et son visage s'empourpra tandis qu'il cherchait ses mots :

— Tu f'rais bien de virer de bord et de te remettre sur le droit chemin. Cette plaisanterie est allée beaucoup trop loin. Elle ne fait plus rire personne. Ça suffit – tiens-toi tranquille !

Benjamin le regarda, au bord des larmes.

— Et autre chose, continua Roscoe, quand on a de la visite je veux que tu m'appelles « Mon oncle », tu comprends ? C'est ridicule qu'un garçon de quinze ans m'appelle par mon prénom. Peut-être que tu pourrais m'appeler « Mon oncle » tout le temps, comme ça, tu t'y habituerais.

Roscoe jeta un regard noir à son père et tourna les talons…

X

Après cette conversation, Benjamin, désespéré, monta dans sa chambre et se regarda dans la glace. Il ne s'était pas rasé depuis trois mois mais son visage, mis à part un léger duvet blond qui ne méritait pas qu'on y prête attention, était glabre. Quand il était revenu d'Harvard, Roscoe avait tenté de lui suggérer de porter des lunettes et de coller sur ses joues des postiches et il avait cru, un instant, qu'on allait lui faire rejouer la comédie de son enfance. Mais les favoris l'avaient démangé et lui avaient fait honte. Il avait pleuré et Roscoe avait, à contrecœur, renoncé à cette idée.

Benjamin ouvrit un livre pour enfants, *Les scouts de Bimini Bay*, et en commença la lecture. Mais il ne pouvait s'empêcher de penser à la guerre. L'Amérique était entrée dans le conflit aux côtés des Alliés le mois précédent et Benjamin voulait s'engager, mais, hélas, l'âge minimum était de seize ans et il faisait nettement plus jeune. Son âge réel, qui était cinquante-sept ans, ne lui aurait, de toute façon, pas permis de s'engager non plus.

On frappa à la porte, c'était le serviteur qui apportait une lettre, adressée à Benjamin Button, avec, au coin de l'enveloppe, un emblème officiel. Il s'empressa de l'ouvrir et la lut avec délectation. On l'informait que beaucoup d'officiers de réserve qui avaient fait la guerre américano-espagnole étaient rappelés sous les drapeaux et promus au grade supérieur et on lui signifiait, dans l'ordre de mobilisation joint, qu'il devait, en tant que général de brigade, se présenter immédiatement aux autorités militaires.

Benjamin se leva d'un bond, tout excité. C'est exactement ce qu'il attendait. Il prit sa casquette et se présenta dix minutes plus tard chez un tailleur réputé de Charles Street où il demanda d'une voix tremblante à ce qu'on prenne ses mesures pour un uniforme.

— Tu veux jouer au soldat, petit ? lui demanda un vendeur d'un ton désinvolte.

Benjamin se fâcha tout rouge et rétorqua :

— Qu'est-ce que ça peut vous faire ? Je m'appelle Button et j'habite place du Mont-Vernon, alors vous voyez, c'est bien pour moi.

— D'accord, s'excusa le vendeur, penaud, si c'est pas pour vous, ça sera pour votre père, je suppose.

On prit les mesures de Benjamin, et une semaine plus tard, son uniforme était prêt. Il eut quelques difficultés à obtenir les insignes de son grade car le vendeur essaya de le persuader qu'un écusson de la YMCA ferait aussi bien l'affaire et serait beaucoup mieux pour jouer.

Sans en avoir parlé à Roscoe, il quitta, un soir, la maison et se rendit, en train, au camp de Mosby en Caroline du Sud où il devait commander une brigade d'infanterie. Il faisait une chaleur étouffante ce jour d'avril quand, arrivé à l'entrée du camp, il régla le chauffeur de taxi qui l'avait amené de la gare et s'adressa au soldat qui montait la garde.

— Que quelqu'un prenne mes bagages ! dit-il d'un ton brusque.

La sentinelle, piquée au vif, le toisa et répliqua :

— Hé, gamin, où tu vas avec tes sapes de général ?

Benjamin, ancien combattant de la guerre américano-espagnole, fit un bond vers lui et le fusilla du regard, mais il ne put, malheureusement, émettre qu'un glapissement quand il essaya de hurler :

— Garde à vous !

Après avoir repris son souffle, il vit la sentinelle claquer les talons et présenter les armes. Benjamin esquissa un sourire de gratitude qui disparut dès qu'il tourna les yeux. Ce n'était pas lui qui avait forcé l'obéissance, mais un colonel d'artillerie imposant qui approchait sur sa monture.

Benjamin le héla d'une voix haut perchée :

— Colonel !

Le colonel vint vers lui, immobilisa son cheval et le regard l'air placide et l'œil brillant. Il lui demanda gentiment :

— Qui est ton papa ?

Benjamin rétorqua d'une voix furieuse :

— Je vais vous montrer qui est mon papa. Descendez de ce cheval !

Le colonel éclata d'un rire sonore.

— C'est vous qui commandez, hein, mon général ?

— Regardez, s'écria Benjamin, désespéré. Lisez ça.

Et il fourra son ordre de mobilisation sous les yeux du colonel. Le colonel le lut, les yeux écarquillés.

— Qui vous a donné ça ? lui demanda-t-il en glissant le document dans sa poche.

— Le gouvernement, comme vous allez bientôt pouvoir le vérifier !

— Suivez-moi, dit le colonel d'un air bizarre. Je vous conduis au quartier général pour discuter de tout cela. Venez avec moi.

Le colonel fit demi-tour et se mit à diriger sa monture vers le quartier général. Benjamin ne pouvait rien faire d'autre que de le suivre, aussi dignement que possible – tout en se promettant de prendre une revanche impitoyable.

Mais de revanche il ne fut nullement question. Deux jours plus tard, par contre, on vit son fils Roscoe, en furie, venu tout droit de Baltimore chercher le général, éploré et dépouillé, *sans*[1] son uniforme, pour le ramener à la maison.

---

1. En français dans le texte.

XI

En 1920, le premier enfant de Roscoe Button vint au monde. Toutefois, au cours des festivités qui s'ensuivirent, personne ne crut qu'il fut de bon ton de révéler que le vilain petit garçon, d'une dizaine d'années, qui jouait dans la maison avec ses soldats de plomb et son cirque miniature était le propre grand-père du nouveau-né.

Personne ne le trouvait désagréable, ce petit garçon, sur le visage naïf et jovial duquel on pouvait lire un soupçon de tristesse, sauf, précisément, Roscoe, pour lequel sa présence était une source constante d'inquiétude. Comme l'on disait à l'époque, Roscoe trouvait cette affaire « navrante ». Il lui semblait que son père, en refusant de paraître ses soixante ans, ne s'était pas comporté comme un homme, « un vrai de vrai » – c'était l'expression préférée de Roscoe –, mais de manière bizarre et un peu perverse. En effet, il lui suffisait d'y penser pendant une demi-heure pour qu'il en perde presque la raison. Roscoe croyait que les « bains de jouvence » permettaient de rester jeune, mais en abuser comme ça était… était navrant. Et Roscoe s'en tenait là.

Cinq ans plus tard, le fils de Roscoe était assez grand pour jouer avec le petit Benjamin sous la surveillance de la même nourrice. Roscoe les emmena tous les deux au jardin d'enfants, le même jour, et Benjamin trouva que se servir de lanières de papier coloré pour fabriquer des nattes, des nœuds et toutes sortes de jolis et curieux motifs était le jeu le plus fascinant du monde. Une fois, pour n'avoir pas été sage, il fut envoyé au coin – il se mit alors à pleurer – mais la plupart du temps il s'amusait bien dans cette charmante salle de classe très ensoleillée où, quelquefois, mademoiselle Bailey posait gentiment la main sur ses cheveux ébouriffés.

Le fils de Roscoe passa en cours préparatoire au bout d'un an, mais Benjamin resta dans la classe enfantine. Il était très heureux. Parfois, quand d'autres bambins parlaient de ce qu'ils feraient quand ils seraient grands, une ombre passait sur son petit visage, comme s'il comprenait, de façon confuse et innocente, que c'étaient là des choses qu'il ne partagerait jamais.

Les jours s'écoulaient, monotones. Il retourna pour la troisième année consécutive dans la classe enfantine, mais il était trop petit pour comprendre à quoi pouvaient servir ces lanières de papier, brillantes et de couleurs vives. Il pleura parce que les autres garçons étaient plus grands que lui et qu'ils lui faisaient peur. L'institutrice lui parlait, mais, malgré tous ses efforts, il n'arrivait pas à comprendre ce qu'elle disait.

On le retira de cette classe. Nana, sa nourrice, devint le centre de son tout petit monde. Quand il faisait beau, ils allaient au parc se promener ; Nana lui montrait une bête toute grise, absolument gigantesque et lui disait « éléphant », et Benjamin répétait après elle, et quand elle le déshabillait pour le mettre au lit le soir, il lui redisait le mot en articulant : « Élyphant, élyphant, élyphant. » Quelquefois Nana le laissait sauter sur le lit, c'était drôle, parce que s'il se tenait assis bien droit en se laissant tomber il se retrouvait sur ses pieds en rebondissant, et s'il continuait à faire « Ah » en sautant et en retombant ça faisait un drôle d'effet de vibrato.

Il aimait prendre une grande canne dans le porte-parapluies et s'en servir pour donner des coups sur les tables et les chaises partout dans la maison, en disant : « À l'attaque, à l'attaque, à l'attaque ». Quand il y avait du monde, il faisait rire les vieilles dames, ce qui lui plaisait, et donnait aux jeunes dames l'envie de l'embrasser, un désagrément auquel il se soumettait malgré lui.

Et quand sa longue journée se terminait à cinq heures du soir, Nana le faisait monter dans sa chambre pour lui donner, à la cuiller, du porridge ou toute autre bouillie.

Aucun souvenir douloureux ne venait troubler son sommeil ; il n'avait aucune souvenance de ses glorieuses années à l'université, de cette grande époque où il faisait battre tant de cœurs féminins. Il n'avait plus maintenant pour horizon que les parois protectrices et immaculées de son berceau, Nana, un monsieur qui venait le voir de temps en temps, et une grosse balle orange que Nana lui montrait avant de le mettre au lit et qu'elle appelait « soleil ». Quand le soleil disparaissait, ses paupières se fermaient – il ne faisait pas de rêves, aucun rêve ne venait troubler son sommeil.

Le passé – la charge héroïque à la tête de ses hommes à l'assaut de San Juan Hill ; les premières années de son mariage quand, l'été, dans la rumeur de la ville, il travaillait jusqu'à une heure avancée de la nuit pour l'amour de la jeune Hildegarde ; et, avant encore, quand il restait assis à fumer avec son grand-père, tard dans la nuit dans la vieille et sombre demeure des Button à Monroe Street –, tout cela avait disparu de sa mémoire comme des rêves insignifiants, comme si rien n'avait jamais existé. Il ne se souvenait pas.

Il ne se rappelait même pas vraiment si le lait de son dernier biberon était chaud ou tiède, ou ce qui s'était passé pendant la journée – n'avaient d'existence à ses yeux que son berceau et la présence familière de Nana.

Puis il ne se souvint plus de rien. Il pleurait quand il avait faim, c'est tout. Jour et nuit il respirait, et il percevait, au-dessus de lui, de vagues murmures et marmonnements, des odeurs indéfinissables, et simplement l'ombre et la lumière.

Puis tout devint noir, et son berceau blanc, comme les visages troubles qui s'agitaient au-dessus de lui, et le goût du lait chaud et sucré, disparurent à jamais de son esprit.

UN DIAMANT GROS
COMME LE RITZ

I

La famille de John Unger était très connue à Hadès, petite ville sur le Mississipi, depuis plusieurs générations. Le père de John avait remporté, plusieurs fois, le titre, très disputé, de champion de golf amateur ; Mme Unger était célèbre pour ses diatribes politiques, « des foyers d'animation aux foyers d'agitation », comme le disait l'expression locale ; quant au jeune John Unger qui venait d'avoir seize ans, il avait déjà pratiqué toutes les dernières danses de New York alors qu'il était encore en culottes courtes. Le culte dont bénéficiait l'enseignement donné en Nouvelle-Angleterre, fléau qui, chaque année, vide les petites villes de leurs éléments les plus prometteurs, avait gagné les parents de John. Hadès étant une ville beaucoup trop petite pour que leur prodige adoré puisse s'y épanouir, ils l'envoyèrent à l'école St-Midas, près de Boston.

En fait, à Hadès, comme vous le savez si vous y êtes déjà allé, le nom des écoles privées et des collèges les plus en vogue n'a pas grande signification. Les habitants vivent depuis si longtemps à l'écart du monde que, bien qu'ils fassent tout pour paraître au courant des dernières modes en matière de littérature, de vêtements et de bonnes manières, ils ne savent cela, en général, que par ouï-dire et une soirée qu'on considère à Hadès comme particulièrement réussie serait sans doute jugée « un peu dépassée » par la fille d'un roi de la viande de Chicago.

La veille du départ de John, Mme Unger, avec la fierté d'une mère, bourra sa valise de costumes de toile et de ventilateurs électriques, et M. Unger offrit à son fils un solide portefeuille bien garni.

— Rappelle-toi que tu seras toujours le bienvenu ici, lui dit-il, et que tu y retrouveras la chaleur du foyer.

— Je sais, dit John, la voix vibrant d'émotion.

Et le père de continuer :

— Fais attention à toi, n'oublie pas qui tu es ni d'où tu viens et tu ne feras rien de mal, continua son père avec gravité. Tu es un Unger, de Hadès.

Puis, père et fils se serrèrent la main et John s'éloigna, les yeux emplis de larmes. Dix minutes plus tard, il atteignait les limites de la ville et s'arrêtait pour jeter un dernier regard derrière lui. Sur les portes, la vieille devise victorienne d'Hadès lui parut étrangement belle. Son père avait essayé plusieurs fois de la faire changer en quelque chose qui aurait plus d'allant, plus de verve, du style « Hadès : votre chance », ou encore une simple pancarte de « Bienvenue » avec, en dessous, des lumières électriques qui représenteraient une chaleureuse poignée de la main. La vieille devise était un peu déprimante, s'était dit M. Unger, mais à présent...

Donc John regarda bien puis il tourna résolument les yeux vers son nouveau destin. Et, à cet instant précis, les lumières d'Hadès semblaient illuminer le ciel d'une chaude et tendre beauté.

L'école St-Midas est, par automobile Rolls-Pierce, à une demi-heure de Boston.

Et personne, si ce n'est John Unger, ne connaîtra jamais la distance réelle, car il fut le premier et sans doute le dernier à ne pas arriver en Rolls. St-Midas est le lycée privé le plus cher et le plus sélect du monde.

John y passa les deux premières années fort agréablement. Tous les élèves étaient fils de milliardaires et John était reçu l'été dans les stations à la mode. Mais s'il aimait bien ses camarades, il était frappé par le fait que leurs pères se ressemblaient tous et, dans sa naïveté d'adolescent, il s'étonnait de cette similitude excessive. Quand il leur disait d'où il venait, ils lui disaient toujours, tout guillerets : « Fait chaud là-bas, hein ? », et John s'efforçait d'esquisser un sourire et de répondre : « C'est sûr. » Il aurait fait preuve de plus de courtoisie s'ils n'avaient pas tous fait la même plaisanterie dont la variante la plus éloignée, qu'il détestait tout autant, était : « Est-ce qu'il fait assez chaud pour vous là-bas ? »

Au milieu de la seconde année, on avait mis dans sa classe un garçon beau et sage appelé Percy Washington. Le nouveau venu était très affable et extrêmement bien habillé, même pour St-Midas, mais pour quelque raison inconnue il gardait ses distances vis-à-vis des autres élèves. La seule personne avec laquelle il fût intime était John Unger, et cependant, même avec lui il ne parlait jamais ni de sa maison ni de sa famille. Il allait sans dire qu'il était riche, mais à part quelques déductions de ce genre John ne savait presque rien de son ami. Aussi l'invitation de Percy à passer l'été chez lui promettait-elle de satisfaire amplement sa curiosité. Il accepta sans hésiter.

Ce fut seulement dans le train que, pour la première fois, Percy se fit un peu plus loquace. Un jour qu'ils déjeunaient au wagon-restaurant en discutant des défauts de plusieurs de leurs condisciples, Percy changea subitement de ton et fit une remarque inattendue :

— Mon père, dit-il, est de loin l'homme le plus riche du monde.

— Ah ! fit John poliment.

Il ne savait que répondre à cette confidence. Il songea à : « C'est joliment bien » mais cela lui parut vide de sens et il fut sur le point de dire : « Vraiment ? », mais se retint, car il aurait eu l'air de mettre en doute la déclaration de Percy. Et une déclaration aussi stupéfiante pouvait difficilement être mise en doute.

— De loin le plus riche, répéta Percy.

— J'ai lu dans l'almanach mondain, commença John, qu'il y avait un homme en Amérique dont le revenu dépassait cinq millions de dollars par an, quatre dont le revenu dépassait les trois millions et…

— Oh ! Ce n'est rien, dit Percy avec une moue de mépris. Des capitalistes à la petite semaine, le menu fretin de la finance, des épiciers et des usuriers. Mon père pourrait tous les acheter sans même y voir la différence.

— Mais comment fait-il pour…

— Pourquoi n'est-il pas sur la liste de ceux qui paient le plus d'impôts ? Parce qu'il n'en paye pas. Du moins, il en paye un peu, mais il ne paye rien sur son revenu *réel*.

— Il doit être très riche, dit simplement John. J'en suis heureux. J'aime les gens très riches. Plus un type est riche, plus je l'aime. (Un regard franc et passionné illuminait son visage sombre.) Je suis allé chez les Schnlitzer-Murphy à Pâques. Vivian Schnlitzer-Murphy a des rubis gros comme des œufs et des saphirs comme des globes avec des ampoules à l'intérieur…

— J'aime beaucoup les pierres précieuses, affirma Percy avec enthousiasme. Naturellement, je ne voudrais pas que quelqu'un à l'école le sache, mais j'en ai moi-même toute une collection. Je préfère ça à une collection de timbres.

— Et les diamants ! enchaîna John avec empressement. Les Schnlitzer-Murphy avaient des diamants gros comme des noix…

— Ce n'est rien. (Percy s'était penché en avant et baissa la voix pour murmurer :) Ce n'est rien du tout. Mon père a un diamant plus gros que l'hôtel Ritz-Carlton.

II

Le soleil se couchait entre deux montagnes du Montana, pareilles à une gigantesque meurtrissure d'où seraient parties de sombres artères rayonnant dans un ciel empoisonné. Une distance énorme séparait ce ciel du minuscule village de Fish, lugubre et abandonné. Il y avait douze habitants, disait-on, dans le village de Fish, douze âmes sombres et énigmatiques qui tiraient leur maigre subsistance d'un rocher pratiquement nu sur lequel on ne sait quelle force reproductrice les avait engendrées.

À présent ces douze personnes formaient une race à part, comme si elles avaient appartenu à une espèce créée par un caprice de la nature qui, après réflexion, s'en serait détournée et l'aurait livrée à l'extermination.

Au-delà de cette meurtrissure bleu-noir, une longue ligne de lumières vacillantes courait sur cette terre désolée et les douze habitants de Fish s'étaient regroupés tels une assemblée de fantômes dans la baraque qui tenait lieu de gare pour voir passer le train de sept heures, le Transcontinental Express de Chicago. Environ six fois par an, le Transcontinental Express, par quelque règlement effarant, s'arrêtait à Fish et il arrivait que dans ce cas quelqu'un en descendît pour monter dans un boghei, surgi d'un nuage de poussière, qui partait en direction du crépuscule tourmenté. L'observation de ce phénomène futile et ridicule était devenue une sorte de culte pour les habitants de Fish. Observer, voilà tout ; s'il était resté en eux la moindre parcelle de cette qualité vitale qu'est l'illusion qui les aurait amenés à s'interroger et à faire des spéculations, une religion aurait pu naître autour de ces mystérieuses apparitions. Mais les habitants de Fish étaient en deçà de toute religion – même les règles les plus élémentaires du christianisme n'auraient pu prendre racine sur ce rocher stérile –, ainsi n'y avait-il ni autel, ni prêtre, ni sacrifice ; seulement à sept heures, chaque soir, ce rassemblement silencieux près de la baraque, cette congrégation d'où s'élevait une prière qui exprimait un émerveillement vague et anémique.

Ce soir-là de juin, le Grand Garde-Frein qui, s'ils avaient déifié quelqu'un, aurait pu être choisi comme leur protagoniste céleste, avait ordonné que le train de sept heures déposerait à Fish ses offrandes humaines (ou inhumaines). À sept heures deux, Percy Washington et John Unger débarquèrent, passèrent rapidement devant les yeux écarquillés, craintifs et fascinés des douze habitants de Fish, et montèrent dans un boghei qui, à l'évidence, avait surgi de nulle part et s'en allèrent.

Une demi-heure plus tard, après que la lumière crépusculaire se fut changée en nuit, le nègre silencieux qui conduisait le boghei héla une forme opaque qui se tenait dans l'ombre. En réponse à son appel, apparut un disque lumineux qui les regarda tel un œil maléfique au fond de la nuit impénétrable. En s'approchant, John vit que c'était le feu arrière d'une énorme automobile, la plus grande et la plus magnifique qu'il eût jamais vue. La carrosserie était faite d'un métal brillant plus cher que le nickel et plus clair que l'argent et les chapeaux de roues étaient incrustés de figures géométriques vertes et jaunes dont John n'osa pas dire si c'était du verre ou des pierres précieuses.

Deux nègres, en livrée brodée, comme on en voit à Londres dans les cortèges royaux, étaient au garde-à-vous à côté de la voiture et quand les deux jeunes gens descendirent du boghei, ils furent salués dans une langue que l'hôte ne put comprendre mais qui lui parut être une forme très accentuée d'un dialecte noir du Sud.

— Monte, dit Percy à son ami, tandis que l'on hissait leurs malles sur le toit d'ébène de la limousine. Désolé de t'avoir fait faire tout ce chemin dans ce boghei mais il n'était bien sûr pas question que les gens du train ou les misérables de Fish voient cette automobile.

— Fichtre ! Quelle voiture !

Cette exclamation était provoquée par ce que l'on voyait à l'intérieur. La garniture était composée de milliers de tapisseries de soie, aussi minuscules qu'exquises, le tout sur un fond de tissu d'or. Les fauteuils sur lesquels s'assirent voluptueusement les deux garçons étaient recouverts d'une étoffe qui ressemblait à de la laine duvetée mais paraissait faite de brins de plumes d'autruche aux couleurs innombrables.

— Quelle voiture ! s'exclama encore John, émerveillé.

— Ça ? dit Percy en riant. Ce n'est qu'une vieille bagnole qu'on utilise comme fourgonnette.

Pendant ce temps-là, ils s'enfonçaient dans la nuit, se dirigeant vers la faille entre les deux montagnes.

— Nous y serons dans une heure et demie, dit Percy en regardant sa montre. Je préfère te dire que cela ne ressemblera à rien de ce que tu as vu jusqu'à présent.

Si la voiture donnait une idée de ce que John verrait, il était effectivement prêt à s'étonner. La piété simple qui prévaut à Hadès a, comme premier article de foi, le culte et le respect sincères de la richesse. Et si, devant celle-ci, John n'était pas tombé en admiration, ses parents, horrifiés, auraient crié au blasphème.

Ils avaient maintenant atteint la gorge entre les montagnes et, presque aussitôt, la route devint plus difficile.

— Si la lumière de la lune arrivait jusqu'ici, tu verrais que nous sommes dans un profond ravin, dit Percy en essayant de regarder par la portière.

Il dit quelques mots dans le porte-voix et, immédiatement, le valet de pied alluma un projecteur qui balaya le flanc des montagnes d'un large rayon.

— Rocheux, tu vois. Une voiture ordinaire serait mise en pièces en une demi-heure. En fait, il faudrait un tank pour trouver le chemin si nous ne le connaissions pas. Tu remarques que nous montons à présent.

Effectivement, ils gagnaient de la hauteur et quelques minutes plus tard, la voiture franchissait une éminence d'où ils aperçurent la lumière pâle de la lune qui venait de se lever dans le lointain. La voiture s'arrêta soudain et plusieurs silhouettes se dessinèrent dans la nuit à côté d'eux. C'étaient aussi des nègres. Une nouvelle fois les deux jeunes gens furent salués dans le même dialecte, difficilement identifiable ; puis les nègres se mirent au travail et quatre énormes câbles qui se balançaient au-dessus d'eux furent attachés par des crochets aux moyeux des grandes roues constellées de pierreries. Après un retentissant « Ho-hisse ! », John sentit la voiture s'élever lentement du sol, peu à peu, au-dessus des plus hauts rochers, puis plus haut encore, jusqu'à ce qu'il pût apercevoir les ondulations d'une vallée, éclairée par la lune, qui s'étendait devant lui, formant un saisissant contraste avec le chaos rocheux qu'ils venaient de quitter. Il n'y avait plus de rochers que d'un seul côté, puis soudain il n'y eut plus de rochers du tout, ni d'un côté ni nulle part.

Il était évident qu'ils avaient franchi une énorme arête rocheuse qui se dressait en l'air comme une lame de couteau. L'instant d'après, ils redescendaient et parvinrent enfin, avec une légère secousse, sur un sol plus lisse.

— Le pire est passé, dit Percy, en jetant un coup d'œil par la fenêtre. Il n'y a plus que huit kilomètres à faire et cela sur une route qui nous appartient : un vrai tapis de brique tout du long. Tout ceci est à nous. C'est ici que finissent les États-Unis, dit mon père.

— Nous sommes au Canada ?

— Non, nous sommes au milieu des Rocheuses du Montana. Mais tu es actuellement dans la seule partie du pays dont on n'ait jamais fait le relevé topographique.

— Pourquoi ? Ils ont oublié ?

— Non, dit Percy en souriant, ils ont tenté trois fois de le faire. La première fois, mon grand-père a soudoyé tout un service de l'institut géographique de l'État ; la deuxième fois, il a fait trafiquer les cartes officielles, cela les a tenus éloignés pendant quinze ans. La dernière fois, cela a été plus dur. Mon père s'est arrangé pour que leurs boussoles se trouvent dans le champ magnétique le plus fort qui ait jamais été créé artificiellement. Il a fait fabriquer tout un jeu d'instruments de mesure avec un léger défaut, ce qui permettait à ce territoire de ne pas apparaître et il les a substitués à ceux qui devaient être utilisés. Puis il a fait détourner une rivière et a fait construire un faux village sur ses rives de façon à ce qu'ils croient en le voyant qu'il s'agissait d'une ville située quinze kilomètres plus haut. Il n'y a qu'une chose dont mon père ait peur, conclut-il, une seule chose dont on puisse se servir pour nous trouver.

— Qu'est-ce donc ?

Percy baissa la voix pour murmurer :

— Les avions, dit-il dans un souffle. Nous avons six canons antiaériens et nous avons réussi jusqu'à présent. Mais il y a eu quelques morts et beaucoup de prisonniers. Ce n'est pas ça qui nous dérange, tu sais, mon père et moi, mais ça contrarie ma mère et mes sœurs et il y a toujours le risque qu'un jour nous ne soyons plus capables d'y arriver.

Pareils à des lambeaux de chinchilla, d'élégants nuages passaient dans le ciel, devant la lune verte, comme de précieuses étoffes orientales que l'on aurait étalées pour le plaisir d'un prince tartare. John eut l'impression qu'il faisait jour et qu'il voyait voler au-dessus de lui des messagers ailés chargés d'apporter la bonne parole et de redonner espoir aux habitants des hameaux perdus dans les rochers. Il croyait les voir attentifs à ce qui se passait au-dessous d'eux, le regard fixé sur tout ce sur quoi on pouvait fixer le regard à l'endroit vers lequel il se dirigeait. Et alors ? Les avait-on perfidement incités à atterrir pour être enfermés jusqu'au jugement dernier ou, s'ils ne tombaient pas dans le piège, l'explosion meurtrière d'un obus allait-elle les précipiter au sol, au risque de « contrarier » la mère et les sœurs de Percy ? John secoua la tête et l'ombre inquiète d'un sourire se dessina sur ses lèvres. Quelle transaction désespérée se cachait derrière tout cela ? Quelle manœuvre cynique de cet étrange Crésus ? Quel mystère fabuleux et terrible ?...

Les nuages de chinchilla s'étaient enfuis et la nuit du Montana brillait comme le jour. La route de brique était lisse sous les grands pneus tandis qu'ils roulaient autour d'un lac paisible éclairé par la lune. Ils furent un instant plongés dans l'obscurité d'un bois de pins frais et odorant, puis ils débouchèrent sur une grande allée de gazon et le cri de joie de John se confondit avec le laconique : « Nous sommes arrivés » de Percy.

Sous l'éclat des étoiles, un château somptueux se dressait sur les bords du lac, et cette splendeur de marbre atteignait la moitié de la hauteur de la montagne à laquelle elle était adossée, puis se fondait dans la masse sombre d'une forêt de pins, avec une grâce, une symétrie et une langueur toutes féminines. Les nombreuses tourelles, les ciselures des balustrades, le merveilleux découpage des mille fenêtres de forme ovale, hectagonale ou triangulaire d'où jaillissait une lumière d'or, la douceur éclatante des ombres bleutées opposées au scintillement des étoiles, tout cela vibra dans le cœur de John comme la corde d'un violon. Au sommet de la plus haute tour qui émergeait de l'endroit le plus sombre, des projecteurs créaient une espèce de nébuleuse féerique et, tandis que John, captivé et ravi, levait les yeux, des violons répandaient une douce musique baroque différente de tout ce qu'il avait pu entendre jusqu'alors. L'instant d'après, la voiture s'arrêta au pied d'un large escalier de marbre. Une multitude de fleurs embaumaient l'air de la nuit.

En haut des marches, deux grandes portes s'ouvrirent silencieusement et une lumière ambrée se déversa dans la nuit, découpant la silhouette d'une ravissante femme aux cheveux noirs qui leur tendit les bras.

— Mère, disait Percy, voici mon ami, John Unger, de Hadès.

Plus tard, John se souvint de cette première soirée comme d'un éblouissement de couleurs, de sensations fugitives, d'une musique suave comme des mots d'amour et de la beauté des choses, celle des lumières et des ombres, des gestes et des visages. Il y avait ce monsieur à cheveux blancs qui buvait un alcool multicolore dans un verre à goutte en cristal, avec un pied en or. Il y avait cette jeune fille au visage pareil à une fleur, vêtue comme Titania avec des torsades de saphirs dans les cheveux. Il y avait cette pièce où l'or massif dont les murs étaient recouverts cédait à la pression de la main et cette autre pièce qui ressemblait à la conception platonicienne de la dernière prison : le plafond, le sol et tout le reste étaient bordés de diamants bruts, de toutes les tailles et de toutes les formes, éclairés par de grandes lampes violettes qui se trouvaient dans les coins, si bien qu'ils finissaient par n'être plus pour le regard qu'un scintillement d'une blancheur incomparable, qu'aucun désir ni aucun rêve humain n'aurait pu concevoir.

Les deux garçons se promenaient dans le dédale des pièces du château. Quelquefois le sol s'éclairait sous leurs pieds en de brillants motifs de couleurs voyantes ou nuancées, d'un blanc pur ou de mosaïques subtiles et compliquées, provenant probablement d'une mosquée de la côte Adriatique.

Parfois, sous les épais panneaux de cristal, il voyait des tourbillons d'eaux bleues ou vertes où nageaient des poissons vifs et ondulaient des plantes aux couleurs de l'arc-en-ciel. Puis leurs pieds foulaient des fourrures de toutes sortes ou ils passaient dans des couloirs aux murs recouverts d'un ivoire si pur qu'il paraissait avoir été taillé dans la masse de gigantesques défenses de dinosaures disparus de la surface du globe avant l'apparition de l'homme…

Puis il y eut une transition dont il ne garde qu'un vague souvenir et ils étaient à table. Chaque assiette était faite de deux lamelles de diamant presque invisibles et, entre elles, en filigrane, un motif en émeraudes, comme une poche d'air de couleur verte. De la musique, mélodieuse et discrète, parvenait jusqu'à eux. Sa chaise, rembourrée de plumes et galbée à ses formes, semblait s'emparer de son corps pendant qu'il buvait son premier verre de porto. Dans une demi-torpeur, il essaya de répondre à une question qu'on lui avait posée, mais la douceur de tout ce luxe ne faisait que renforcer cette impression de rêve : pierreries, tissus, vins et métaux précieux se confondaient en un voluptueux brouillard…

— Oui, fit-il en s'efforçant d'être poli, il fait bien assez chaud pour moi là-bas.

Et le rire qu'il eut alors avait quelque chose d'irréel. Puis, sans pouvoir bouger ni résister, il se sentit partir à la dérive, laissant dans son assiette une glace rose comme un rêve… Il s'endormit.

Quand il se réveilla, il comprit que plusieurs heures s'étaient écoulées. Il était dans une grande chambre aux murs d'ébène, baignée d'une lueur trop faible et trop subtile pour être appelée lumière. Son hôte se tenait à ses côtés.

— Tu t'es endormi pendant le dîner, lui disait Percy. J'ai failli m'endormir, moi aussi. C'est un tel plaisir de retrouver son confort après une année de pension. Les domestiques t'ont déshabillé et baigné sans que tu te réveilles.

— Suis-je sur un lit ou sur un nuage ? chuchota John. Percy, Percy, avant que tu t'en ailles, je voudrais m'excuser.

— De quoi ?

— De ne pas t'avoir cru quand tu as dit que tu avais un diamant gros comme l'hôtel Ritz-Carlton.

Percy sourit.

— J'ai bien vu que tu ne me croyais pas. C'est cette montagne, tu vois.

— Quelle montagne ?

— La montagne sur laquelle se trouve le château. Ce n'est pas une très grande montagne. Mais mis à part une quinzaine de mètres de terre et de cailloux au sommet, c'est du diamant brut. Et rien qu'un seul diamant, cinq mille mètres cubes sans un seul défaut. Tu écoutes ? Dis…

Mais John Unger s'était rendormi.

III

Le matin, alors qu'il était encore à moitié endormi, il s'aperçut que la chambre était baignée par la lumière du soleil. Les panneaux d'ébène d'un des murs avaient glissé sur une sorte de rail, laissant le jour pénétrer dans la chambre. Un nègre impressionnant, tout habillé de blanc, se tenait à côté du lit.

— Bonsoir, marmonna John en rassemblant ses esprits.

— Bonjour, monsieur. Voulez-vous prendre un bain ? Oh, ce n'est pas la peine de vous lever, monsieur. Il vous suffit simplement de déboutonner votre pyjama, voilà. Merci, monsieur.

John resta tranquillement étendu tandis qu'on enlevait son pyjama, amusé et ravi. Il s'attendait à être porté comme un enfant par ce Gargantua noir qui s'occupait de lui, mais il n'en fut rien. Il sentit qu'un côté du lit se soulevait lentement et commença à glisser, non sans crainte, en direction du mur, mais quand il toucha celui-ci, les tentures qui le recouvraient s'entrouvrirent et il descendit de deux mètres sur un plan incliné soyeux, avant de s'enfoncer doucement dans une eau à la température de son corps.

Il regarda autour de lui. L'espèce de passerelle ou de toboggan par lequel il était arrivé s'était replié délicatement. Il avait été propulsé dans une autre chambre et était assis dans une baignoire au ras du sol, n'ayant que la tête qui dépassait. Les murs de la pièce, comme les côtés et le fond de la baignoire elle-même, étaient les parois d'un immense aquarium bleu et, en regardant à travers la surface vitrée sur laquelle il était assis, il voyait des poissons nager parmi des lumières orangées et se glisser avec indifférence sous ses pieds dont ils n'étaient séparés que par l'épaisseur du cristal. Au-dessus de lui, le soleil pénétrait à travers un vitrage vert comme la mer.

— Je suppose que monsieur désire de l'eau de rose chaude et légèrement savonneuse, ce matin. Et pour se rincer, de l'eau froide légèrement salée ?

Le nègre se trouvait à ses côtés.

— Oui, acquiesça John en souriant de manière béate, s'il vous plaît.

L'idée de commander un bain en rapport avec son propre petit train de vie lui aurait paru déplacée et même odieuse.

Le nègre appuya sur un bouton et une pluie chaude se mit à tomber, apparemment d'en haut, mais elle venait en fait, comme John le découvrit quelques secondes plus tard, d'un petit jet d'eau tout proche. L'eau devint rose pâle et un jet de savon liquide jaillit de pommes en forme de petites têtes de morse placées aux quatre coins de la baignoire. En un instant, une douzaine de palettes fixées sur les côtés brassèrent le mélange et John se retrouva enveloppé d'une écume rose irisée, agréable et légère, d'où s'élevaient çà et là quelques bulles étincelantes.

— Dois-je mettre en marche le projecteur cinématographique, monsieur ? proposa le nègre avec déférence. Nous avons aujourd'hui une très bonne comédie en une seule bobine ou, si vous avez la patience d'attendre une seconde, je peux, si vous le préférez, mettre quelque chose de plus sérieux.

— Non, merci, répondit John poliment mais fermement.

Il avait trop de plaisir à prendre son bain pour se laisser distraire par quoi que ce soit. Mais il fut tout de même distrait et se retrouva à écouter attentivement un air de flûtes. Elles distillaient, d'une pièce voisine, une mélodie pareille au bruit d'une cascade, et aussi fraîche et verte que l'endroit où il se trouvait, et servaient d'accompagnement à un piccolo dont le son était plus léger que la charmante dentelle de mousse dont il était couvert.

Après l'eau de mer, froide et revigorante, et une eau douce pour finir, il sortit du bain, enfila un peignoir soyeux pour s'allonger sur un divan recouvert du même tissu et se faire frictionner avec des huiles, de l'alcool et des onguents. Ensuite, il s'assit sur un siège confortable, fut rasé et coiffé.

— M. Percy vous attend dans votre salon, dit le nègre quand tout fut terminé. Je m'appelle Gygsum, M. Unger. C'est moi qui m'occuperai de monsieur tous les matins.

John entra dans sa salle de séjour, baignée par un soleil radieux, où l'attendaient son petit déjeuner et

Percy, superbe dans son pantalon de golf en chevreau blanc, qui fumait une cigarette dans un fauteuil.

IV

Voici l'histoire de la famille Washington telle que Percy la résuma à John pendant le petit déjeuner.

Le père de l'actuel M. Washington était originaire de la Virginie. C'était un descendant direct de George Washington et de lord Baltimore. À la fin de la guerre de Sécession, c'était un colonel de vingt-cinq ans qui possédait une plantation en friche et environ mille dollars or.

Fitz-Norman Culpepper Washington, car c'était ainsi que s'appelait le jeune colonel, décida de céder le domaine de Virginie à son frère cadet et de partir vers l'Ouest.

Il sélectionna deux douzaines de ses Noirs parmi les plus fidèles qui, bien entendu, l'adoraient, et acheta vingt-cinq billets pour l'Ouest où ils avaient l'intention de prendre des terres en leur nom et d'y élever des vaches et des moutons.

Moins d'un an après son arrivée dans le Montana et alors que les choses allaient vraiment mal, il avait fait, par hasard, sa grande découverte. Il s'était perdu, un jour, à cheval, dans la montagne et, après être resté vingt-quatre heures sans manger, il commençait à avoir faim. Comme il n'avait pas sa carabine, il en avait été réduit à poursuivre un écureuil et c'est au cours de cette poursuite qu'il s'aperçut que l'animal tenait dans la bouche quelque chose de brillant. Juste avant de disparaître dans son trou – car la Providence avait décidé que cet écureuil ne pourrait lui servir à soulager sa faim – il lâcha son fardeau. S'étant assis pour réfléchir, l'œil de Fitz-Norman fut attiré par un reflet dans l'herbe, près de lui. En dix secondes il avait complètement perdu l'appétit et gagné cent mille dollars. L'écureuil qui avait obstinément refusé de se transformer en nourriture lui avait fait cadeau d'un magnifique diamant pur.

Il retrouva tard dans la nuit le chemin du camp et douze heures après, tous ses serviteurs noirs creusaient frénétiquement autour du trou de l'écureuil sur le flanc de la montagne. Il leur avait dit qu'il avait découvert une mine de cristal de roche et, comme seuls un ou deux d'entre eux avaient déjà vu un vrai diamant, et encore, un tout petit, ils le crurent sur parole. Quand sa découverte lui apparut dans toute son ampleur, il se trouva bien embarrassé.

La montagne était constituée d'un seul diamant – rien que du diamant massif, au sens propre du terme. Il remplit quatre sacs d'échantillons, les accrocha à la selle de sa monture et partit pour St-Paul. Là, il réussit à vendre une demi-douzaine de petites pierres mais quand il en proposa une plus grosse, le marchand s'évanouit et Fitz-Norman fut arrêté pour avoir troublé l'ordre public. Il s'évada de prison et prit le train pour New York où il vendit quelques diamants de taille moyenne et reçut en échange environ deux cent mille dollars en or. Mais il n'osa pas montrer des pierres trop grosses et quitta, en fait, New York au bon moment. Une grande agitation s'était emparée des diamantaires, non pas tant à cause de la taille des diamants que du mystère de leur provenance et de leur apparition sur la place. Les rumeurs les plus folles se mirent à circuler, comme quoi une mine de diamants avait été découverte dans les Catskills, sur la côte de Jersey, sur Long Island, sous Washington Square. Des trains d'excursion, bondés de gens armés de pics et de pelles, partaient de New York toutes les heures pour divers Eldorados voisins. Pendant ce temps le jeune Fitz-Norman était déjà sur le chemin du retour.

Deux semaines plus tard, il avait calculé que le diamant de la montagne était à peu près égal en quantité à l'ensemble de tous les diamants recensés dans le monde.

Il n'y avait cependant aucun moyen de l'évaluer puisque ce n'était qu'*un seul diamant massif* – et si on l'avait mis en vente, non seulement le marché se serait effondré mais, en admettant que sa valeur eût été régulièrement proportionnelle à sa taille, il n'y aurait pas eu assez d'or dans le monde pour en acheter un dixième. Et puis, qu'aurait-on fait d'un diamant de cette taille ?

La situation paraissait inextricable. Il était, en un sens, l'homme le plus riche qui avait jamais existé – et pourtant, n'était-ce pas comme s'il n'avait rien ? Si son secret était découvert, nul ne pouvait dire à quelles mesures le gouvernement pourrait recourir pour éviter la panique, tant sur le marché de l'or que sur celui des pierres précieuses. L'État pourrait s'en emparer sur-le-champ et instituer un monopole.

Il n'avait pas le choix : il devait débiter sa montagne en secret. Il fit chercher son jeune frère dans le Sud pour le charger de diriger ses serviteurs de couleur :

des nègres qui ne s'étaient jamais aperçus que l'esclavage était aboli. Pour préserver cela, il leur lut une proclamation, écrite de sa main, annonçant que le général Forrest avait réorganisé les armées sudistes en débâcle et vaincu le Nord en bataille rangée. Les nègres le crurent sur parole. Ils firent une déclaration disant que c'était une bonne chose et célébrèrent aussitôt des services d'action de grâces.

Quant à Fitz-Norman lui-même, il partit pour l'étranger avec cent mille dollars et deux malles pleines de diamants bruts de toutes les tailles.

Il alla jusqu'en Russie sur une jonque chinoise et, six mois après son départ du Montana, il était à Saint-Pétersbourg. Il se logea très modestement et se rendit aussitôt chez le joaillier de la cour pour lui annoncer qu'il avait un diamant pour le tsar. Il resta à Saint-Pétersbourg pendant quinze jours, sous la menace constante d'un assassinat, changeant sans cesse de chambre et n'osant pas vérifier le contenu de ses malles plus de trois ou quatre fois pendant tout son séjour.

En promettant de revenir dans un an, avec des pierres plus grosses et plus pures, il fut autorisé à partir pour l'Inde. Avant son départ, cependant, le trésorier de la cour avait porté à son crédit, dans des banques américaines, la somme de quinze millions de dollars – sous quatre pseudonymes différents.

Il revint en Amérique en 1868, après un peu plus de deux ans d'absence. Il s'était rendu dans les capitales de vingt-deux pays et avait parlé avec cinq empereurs, onze rois, trois princes, un shah, un khan et un sultan. À cette époque Fitz-Norman estimait sa fortune à un milliard de dollars. Il y avait une chose qui empêchait systématiquement son secret d'être découvert : le fait que pas un seul de ses plus gros diamants ne pût rester une semaine sous les yeux du public sans qu'on lui attribuât une histoire assez riche en catastrophes, en amours, en révolutions et en guerres pour remonter au moins jusqu'au premier empire de Babylone.

De 1870 jusqu'à sa mort, en 1900, l'histoire de Fitz-Norman Washington ne fut qu'une longue épopée chargée d'or.

Il y eut, bien sûr, quelques à-côtés : il échappa aux agents du cadastre, épousa une jeune fille de bonne famille, originaire de la Virginie, dont il n'eut qu'un héritier et fut contraint, à cause de toute une série de complications, d'assassiner son frère que, malheureusement, de fréquents états d'ivresse poussaient à des indiscrétions qui avaient plusieurs fois mis en danger leur sécurité. Mais très peu d'autres meurtres entachèrent ces heureuses années de progrès et d'expansion.

Juste avant de mourir, il changea de politique et, à l'exception de quelques millions de dollars, consacra toute sa fortune à l'achat d'un stock de minéraux rares qu'il mit en dépôt dans les chambres fortes de nombreuses banques à travers le monde sous la dénomination « objets divers ». Son fils, Braddock Tarleton Washington, poursuivit cette politique à plus grande échelle encore. Il convertit les minéraux en l'élément le plus rare : le radium, de sorte que l'équivalent d'un milliard de dollars or pût tenir dans un récipient de la taille d'une boîte à cigares.

Trois ans après la mort de Fitz-Norman, son fils, Braddock, décida de se retirer des affaires. Le montant de la fortune que son père et lui avaient retiré de la montagne allait au-delà de toute évaluation. Avec un code secret, il nota dans un carnet la quantité approximative de radium qu'il détenait dans un millier de banques dont il était client et releva les pseudonymes sous lesquels il y était inscrit. Puis il fit une chose très simple : il ferma la mine.

Il ferma la mine. Ce qui en avait été retiré permettrait à tous les Washington à venir de vivre dans un luxe incomparable pendant des générations. Son seul souci serait de protéger son secret de crainte que sa découverte ne provoque une panique telle que lui et tous les nantis du monde ne se trouvent réduits à la misère.

Voilà la famille dans laquelle John Unger séjournait. Et voilà l'histoire qu'il entendit dans la salle de séjour aux murs argentés le lendemain de son arrivée.

V

Après le petit déjeuner, John sortit par la grande porte de marbre et regarda avec curiosité le spectacle qui s'offrait à lui. Toute la vallée, de la montagne de diamant jusqu'à l'abrupte falaise de granit à huit kilomètres, était encore couverte d'une légère brume dorée suspendue avec nonchalance au-dessus de la courbe gracieuse faite par les prairies, les lacs et les jardins. Ici et là, des bouquets d'ormes formaient de délicates taches d'ombre contrastant étrangement avec les épais massifs de pins qui imposaient à la montagne leur teinte d'un vert bleuté et sombre. Il aperçut même trois faons qui, à quelques centaines de mètres de là, sortirent d'un bosquet en trottinant l'un derrière l'autre pour disparaître dans la pénombre d'un autre avec une allégresse un peu gauche. John n'aurait pas été surpris de voir un bouc se promener, en jouant de la flûte, entre les arbres, ou d'entrevoir la chair rose et la longue chevelure blonde d'une nymphe parmi les plus vertes des feuilles vertes.

Il descendit l'escalier de marbre avec ce vague espoir, dérangeant dans leur sommeil deux chiens-loups de Russie au pelage soyeux et suivit une allée de carreaux blancs et bleus qui ne semblait aller nulle part.

Il était aussi heureux qu'il en était capable. C'est le privilège de la jeunesse et à la fois sa faiblesse, que de ne pouvoir vivre dans le présent mais de toujours le comparer à un futur radieux imaginaire : les fleurs et l'or, comme les jeunes filles et les étoiles, ne sont que la préfiguration et la prophétie d'un rêve formidable et irréalisable.

John contourna un massif de roses qui embaumaient l'air de lourds parfums, et traversa un parc jusqu'à l'endroit couvert de mousse qui se trouvait sous des arbres. Il ne s'était jamais étendu sur de la mousse, et voulait savoir si sa douceur justifiait l'usage que l'on faisait de son nom. C'est alors qu'il vit venir vers lui une jeune fille qui avançait sur l'herbe. C'était la fille la plus jolie qu'il eût jamais vue.

Elle était vêtue d'une petite robe blanche qui lui arrivait juste sous le genou et ses cheveux étaient relevés par une couronne de réséda attachée par des barrettes de saphir bleu. Elle foulait la rosée de ses pieds nus et était plus jeune que John : seize ans tout au plus.

— Salut, s'écria-t-elle. Je suis Kismine.

Pour John elle était déjà beaucoup plus que cela. Il s'avança vers elle, n'osant pas l'approcher de trop près de peur de lui marcher sur les pieds.

— Nous ne nous sommes pas encore rencontrés, dit-elle d'une voix douce. (Et ses yeux bleus ajoutèrent : « Vous avez vraiment perdu quelque chose ! »…) C'est ma sœur Jasmine que vous avez rencontrée hier soir. Moi j'ai été intoxiquée en mangeant de la laitue, reprit-elle sur le même ton tandis que ses yeux poursuivaient : « Et quand je suis malade je suis gentille, et quand je vais bien, également ».

« Vous m'avez fait énorme impression et je vous ai bien comprise », dirent les yeux de John.

— Comment allez-vous, ce matin ? dit-il à haute voix. Mieux, j'espère ? et ses yeux ajoutèrent timidement : « Ma chérie ».

John fit observer qu'ils avaient suivi le sentier. Elle proposa de s'asseoir sur la mousse dont il ne réussit pas à apprécier la douceur.

Il était très difficile en ce qui concernait les femmes. Le moindre défaut – une grosse cheville, une voix rauque, un regard vide – suffisaient à le rendre parfaitement indifférent. Et là, pour la première fois de sa vie, il se trouvait devant une jeune fille qui lui paraissait l'incarnation même de la perfection physique.

— Vous êtes de l'Est ? lui demanda Kismine avec intérêt.

— Non, répondit John simplement : je suis de Hadès.

Soit qu'elle n'eût jamais entendu parler de Hadès ou qu'aucune plaisanterie là-dessus ne lui fût venue à l'esprit, toujours est-il qu'elle abandonna le sujet.

— Je vais aller au collège dans l'Est cet automne, dit-elle. Pensez-vous que ça me plaira ? Je vais à New York, chez mademoiselle Bulge. C'est très sévère, mais je pourrai passer les week-ends en famille dans notre maison de New York car on a dit à mon père qu'il fallait toujours que les filles se promènent deux par deux.

— Votre père veut être fier de vous, fit remarquer John.

— Mais il peut l'être, répondit-elle, un éclat de dignité dans le regard. Aucun d'entre nous n'a jamais été puni. Père a dit que nous ne devions jamais l'être. Un jour quand ma sœur Jasmine était petite, elle l'a poussé dans l'escalier, il s'est simplement relevé et est parti en boitant.

« Maman fut… enfin… un peu surprise, poursuivit Kismine, quand on lui a dit d'où vous veniez, du moins d'où vous êtes originaire. Elle disait que quand elle était jeune… mais vous savez, elle est d'origine espagnole et un peu vieux jeu.

— Est-ce que vous passez beaucoup de temps ici ? demanda John pour dissimuler le fait qu'il avait trouvé cette remarque un peu blessante.

Cela lui semblait être une allusion peu aimable à son état de provincial.

— Percy, Jasmine et moi passons tous les étés ici, mais l'été prochain Jasmine ira à Newport. Elle ira à Londres à l'automne l'année prochaine et sera présentée à la cour.

— Vous savez, hasarda John, vous êtes beaucoup plus sophistiquée que je ne le croyais.

— Oh non, pas du tout, s'exclama-t-elle avec empressement. Je ne voudrais l'être pour rien au monde. Je pense que les jeunes sophistiqués sont d'une vulgarité ! Vous ne trouvez pas ? Non, je ne le suis vraiment pas. Si vous dites ça, je vais pleurer.

Cela lui faisait tant de peine que ses lèvres en tremblaient. John fut obligé de se récrier :

— Je ne parlais pas sérieusement. C'était seulement pour plaisanter.

— Ça ne me dérangerait pas si c'était vrai, insista-t-elle, mais c'est faux. Je suis très naturelle, très petite fille. Je ne fume ni ne bois jamais. Je ne lis que de la poésie. Je ne connais presque rien en mathématiques ou en chimie. Je m'habille très simplement. En fait, je m'habille à peine. Je crois qu'on peut tout dire de moi, sauf que je suis sophistiquée. Je suis persuadée que les jeunes filles doivent profiter de leur jeunesse de façon très saine.

— Moi aussi, dit John avec ferveur.

Kismine retrouva son entrain. Elle lui sourit, tandis qu'une larme perlait au coin de ses yeux bleus.

— Vous me plaisez beaucoup, lui murmura-t-elle familièrement. Allez-vous rester avec Percy le temps de votre séjour ou vous occuperez-vous de moi ? Rendez-vous compte, je suis comme l'oiseau qui vient de naître. De toute ma vie, je n'ai jamais eu de garçon qui me fasse la cour. On ne m'a même jamais permis de rester seule avec un garçon, si ce n'est avec Percy. Je suis venue exprès dans ce petit bois dans l'espoir de tomber sur vous, sans que la famille soit là.

Extrêmement flatté, John s'inclina comme on le lui avait appris au cours de danse de Hadès.

— Il faut partir à présent, dit Kismine tendrement. Je dois retrouver maman à onze heures. Vous ne m'avez pas demandé une seule fois de vous embrasser. Je pensais que tous les garçons faisaient ça.

John se redressa fièrement.

— Certains, mais pas moi. Les filles ne font pas ce genre de choses à Hadès.

Côte à côte, ils revinrent au château.

VI

John se tenait en plein soleil face à M. Braddock Washington. Ce dernier avait environ quarante ans, un visage fier et impassible, des yeux intelligents et une forte stature. Le matin, il sentait le cheval, mais le cheval de pure race. Il avait à la main une simple canne de bouleau avec une grosse opale en guise de pommeau. Avec Percy, il faisait faire à John le tour du propriétaire.

— Voici les logements des esclaves. (Il montra avec sa canne une sorte de cloître gothique en marbre accroché avec grâce au flanc de la montagne.) Dans ma jeunesse, j'ai été un temps détourné de la trivialité de l'existence par une période d'idéalisme absurde. Pendant cette période ils ont vécu dans le luxe. J'avais, par exemple, fait installer une salle de bains en céramique dans chacune de leurs chambres.

— Je suppose, se risqua John avec un rire plein de sous-entendus, qu'ils se servaient de leur baignoire pour entreposer leur charbon. M. Schnlitzer-Murphy m'a dit un jour qu'il…

Braddock Washington le coupa avec froideur :

— Les opinions de M. Schnlitzer-Murphy sont de peu d'importance, j'imagine. Mes esclaves n'entreposaient pas de charbon dans leur baignoire. Ils avaient l'ordre de se baigner tous les jours et obéissaient. Sinon, j'aurais pu leur faire administrer un shampooing d'acide sulfurique. J'ai mis fin aux bains pour une tout autre raison. Plusieurs d'entre eux ont pris froid et sont morts. L'eau ne convient pas à certaines races – si ce n'est comme boisson.

John rit puis se décida à hocher la tête en signe de discrète approbation. Braddock Washington le mettait mal à l'aise.

— Tous ces nègres sont les descendants de ceux que mon père a amenés avec lui dans le Nord. Ils sont environ deux cent cinquante actuellement. Vous avez remarqué qu'ils vivent depuis si longtemps à l'écart du monde que leur dialecte d'origine est devenu un patois presque incompréhensible. Nous avons appris à quelques-uns à parler anglais : à mon secrétaire et à deux ou trois domestiques qui restent à la maison.

« Voici le terrain de golf, continua-t-il, tandis qu'ils flânaient sur un gazon semblable à du velours. Rien que du vert, vous voyez, pas de fairway, pas de rough, pas d'obstacles.

Il sourit à John, gentiment.

— Beaucoup d'hommes dans la cage, papa ? demanda soudain Percy.

Braddock Washington trébucha et laissa échapper un juron.

— Un de moins qu'il ne faudrait, s'exclama-t-il amèrement, puis il ajouta, un instant après : Nous avons eu des ennuis.

— Maman me disait, s'écria Percy, que ce professeur d'italien…

— Une funeste erreur, dit Braddock avec colère. Mais bien sûr, il y a de fortes chances pour qu'on ait pu l'avoir. Peut-être s'est-il perdu dans les bois ou est-il tombé d'une falaise. Et puis, de toute façon, il est probable que s'il racontait son histoire, personne ne le croirait. Néanmoins, j'ai envoyé deux douzaines d'hommes à sa recherche dans différentes villes des environs.

— Ils n'ont rien trouvé ?

— Peut-être. Quatorze d'entre eux ont signalé à mon agent qu'ils avaient chacun tué un homme répondant à ce signalement, mais bien entendu, ce n'était sûrement que pour toucher la récompense…

Il s'interrompit. Ils étaient arrivés à une large cavité creusée dans le sol, de la circonférence d'un manège de chevaux de bois et recouverte d'une solide grille de fer. Braddock Washington fit un signe et pointa sa canne à travers la grille. John s'avança jusqu'au bord pour regarder. Aussitôt, il fut assourdi par les clameurs qui montaient du fond du trou.

— Descends en enfer !

— Salut, gamin, fait bon là-haut ?

— Eh, jette-nous une corde !

— Il te reste pas un beignet ou quelques sand-wichs ?

— Dis donc, vieux, si tu nous balances le gars qui est avec toi, on te le fait disparaître en moins de deux.

— Fous-lui un gnon de ma part, tu veux ?

Il faisait trop sombre pour voir nettement ce qui se passait dans cette fosse, mais John pouvait déduire de l'optimisme indécrottable et de la vitalité brute des remarques et des voix qu'elles appartenaient à des Américains moyens de l'espèce la plus énergique. Puis

M. Washington appuya avec sa canne sur un bouton dissimulé dans l'herbe et une lumière jaillit pour éclairer la scène.

— Ce sont des navigateurs aventureux qui ont eu l'infortune de découvrir l'Eldorado, remarqua-t-il.

Au-dessous d'eux venait d'apparaître un large trou en forme de cuvette. Les parois étaient abruptes et polies comme du verre et sur sa surface légèrement concave se tenaient une vingtaine d'hommes en tenue d'aviateur. Leurs visages exprimaient la colère, la rancune, le désespoir, le cynisme et étaient encadrés de barbes hirsutes, mais à l'exception de quelques-uns qui avaient nettement dépéri, ils semblaient tous bien nourris et en bonne santé.

Braddock Washington tira une chaise de jardin jusqu'au bord de la fosse et s'assit.

— Alors, comment ça va, les gars ? demanda-t-il gaiement.

Ils le maudirent tous en chœur, sauf quelques-uns, trop accablés pour joindre leur cri de haine à ceux qui s'élevaient dans l'air ensoleillé, mais Braddock Washington les écouta sans se départir de son calme. Quand les derniers échos se furent évanouis, il reprit la parole :

— Avez-vous trouvé le moyen de résoudre vos problèmes ?

Çà et là jaillirent quelques exclamations :

— On a décidé de rester ici par amour !

— Remonte-nous de là et on trouvera le moyen de s'en sortir !

Braddock Washington attendit qu'ils retrouvent leur calme. Puis il dit :

— Je vous ai expliqué la situation. Je n'ai que faire de vous ici. Fasse le ciel que je ne vous aie jamais vus.

C'est votre curiosité qui vous a amenés ici et je serais heureux de prendre en considération toute solution qui ne porterait atteinte ni à ma sécurité ni à mes intérêts. Mais tant que vous vous bornerez à creuser des tunnels – oui, je suis au courant de celui que vous avez commencé – vous n'irez pas très loin. Cette situation n'est pas aussi insupportable que vous le laissez croire en geignant sur le sort de la famille que vous avez quittée. Si vous étiez de ceux qui se font du souci pour leur famille, vous n'auriez jamais embrassé la carrière d'aviateur.

Un homme de haute taille sortit du groupe et leva la main pour attirer l'attention de leur geôlier.

— Permettez-moi de vous poser quelques questions ! cria-t-il. Vous prétendez être impartial.

— C'est absurde. Comment quelqu'un dans ma situation pourrait-il être impartial envers vous ? Autant demander à un Espagnol d'être impartial envers un morceau de viande.

À cette remarque acerbe, les visages de la vingtaine de morceaux de viande se renfrognèrent, mais le prisonnier continua :

— Très bien. Nous avons déjà discuté de cela. Vous n'êtes ni philanthrope ni impartial, mais vous êtes humain ; c'est du moins ce que vous dites ; et vous devriez être capable de vous mettre à notre place pour comprendre que… que…

— Que quoi ? demanda Washington d'un ton glacial.

— Qu'il n'est pas nécessaire…

— Si, pour moi.

— Qu'il est… cruel…

— Nous avons déjà abordé ce sujet. La cruauté n'existe pas quand joue l'instinct de conservation. Vous avez été soldats, vous devriez le savoir. Cherchez autre chose.

— Eh bien, qu'il est stupide…

— Ça, admit Washington, je vous l'accorde. Mais essayez de trouver une autre solution. Je vous ai proposé à tous une exécution sans douleur si vous le souhaitiez. Je vous ai proposé de faire enlever vos femmes, vos fiancées, vos enfants et vos mères et de les faire amener ici. J'agrandirai l'endroit où vous êtes et je vous nourrirai et vous habillerai toute votre vie. S'il y avait moyen de provoquer une amnésie totale, je vous ferais opérer et relâcher immédiatement, loin d'ici. Mais c'est tout ce que je peux imaginer.

— Pourquoi ne pas nous faire confiance et admettre que nous ne vous dénoncerons pas ?

— Vous ne parlez pas sérieusement, dit Washington avec un air de dédain. J'en ai fait sortir un pour apprendre l'italien à ma fille et, la semaine dernière, il s'est sauvé.

Un hurlement de jubilation s'éleva de la vingtaine de gorges et un joyeux chahut s'ensuivit. Les prisonniers se mirent à danser, à applaudir, à crier et à s'embrasser dans une soudaine explosion d'allégresse.

Ils se mirent même à grimper le long des parois de verre, aussi haut qu'ils le pouvaient et à se laisser glisser jusqu'en bas en amortissant la chute avec leur propre corps. Le plus grand d'entre eux entonna un chant qui fut repris par tous :

> *« Nous pendrons le kaiser*
> *À un pommier pourri… »*

Braddock Washington garda un silence impénétrable jusqu'à ce que la chanson fût finie.

— Voyez-vous, fit-il, dès qu'il put obtenir un minimum d'attention, je ne vous veux aucun mal. J'aime voir cette gaieté. C'est pourquoi je ne vous ai pas tout dit. L'homme qui s'est évadé – comment s'appelait-il déjà ? Critchtichiello ? – a reçu des balles à quatorze endroits différents.

Ignorant que les quatorze endroits dont il parlait étaient des villes, le joyeux tumulte se calma immédiatement.

— En tout cas, s'écria Washington, une pointe de colère dans la voix, il a tenté de s'enfuir. Est-ce que vous croyez qu'après une expérience comme ça, je suis prêt à prendre des risques avec vous ?

Cela provoqua un nouveau tollé.

— Bien sûr !

— Tu ne voudrais pas que ta fille apprenne le chinois ?

— Eh, je sais parler italien ! Ma mère était ritale.

— P't-être que ça la botterait d'jacter new-yorkais !

— Si c'est la petite aux grands yeux bleus, je peux lui apprendre des tas de trucs plus rigolos que l'italien.

— Je connais des chansons irlandaises et dans le temps je savais travailler le cuivre.

M. Washington tendit soudain sa canne pour appuyer sur le bouton qui était dans l'herbe de sorte que la scène s'évanouit instantanément et qu'on ne vit plus qu'une grande bouche sombre sur laquelle se refermèrent sinistrement les dents noires de la grille.

— Eh, cria encore une voix, tu ne vas pas partir sans nous donner ta bénédiction ?

Mais M. Washington, suivi des deux garçons, était déjà reparti paisiblement vers le neuvième trou du golf, comme si la fosse et son contenu n'étaient qu'une difficulté de parcours qu'en joueur habile il aurait facilement surmontée.

VII

En juillet, à l'abri de la montagne de diamant, les nuits étaient douces et les journées chaudes et ensoleillées. John et Kismine s'aimaient. Il ne savait pas que la bille en or (sur laquelle était gravé *« Pro Deo et patria et St-Mida »*) qu'il lui avait donnée reposait sur sa poitrine au bout d'une chaînette de platine. Et elle, ne se doutait pas que John avait précieusement caché le saphir tombé de ses cheveux dans le coffret à bijoux qu'il possédait.

Un après-midi que le salon de musique, décoré avec des rubis et de l'hermine, était libre, ils passèrent une heure ensemble. Il lui prit la main et elle lui lança un tel regard qu'il murmura son nom. Elle se pencha vers lui, puis hésita.

— Avez-vous dit Kismine, demanda-t-elle doucement, ou bien…

Elle voulait en être sûre. Elle se disait qu'elle se trompait peut-être.

Ni l'un ni l'autre n'avait encore jamais donné ni reçu de baisers, mais au bout d'une heure, cela n'avait plus aucune importance.

L'après-midi passa. Cette nuit-là, tandis qu'un dernier souffle de musique s'échappait de la plus haute tour, ils restèrent éveillés à rêver, chacun de leur côté, aux minutes heureuses de la journée écoulée. Ils avaient décidé de se marier aussi tôt que possible.

VIII

Chaque jour M. Washington et les deux jeunes gens allaient chasser ou pêcher dans les forêts profondes ou jouaient au golf sur le terrain tranquille – avec diplomatie, John laissait toujours son hôte gagner ces parties – ou encore se baignaient dans la fraîcheur du lac. John trouvait M. Washington un peu tyrannique, n'accordant absolument aucun intérêt à des idées ou opinions autres que les siennes.

Mme Washington était toujours distante et réservée. Il semblait que ses deux filles lui étaient indifférentes et qu'elle était totalement absorbée par son fils Percy avec lequel elle avait, aux dîners, d'interminables conversations en espagnol.

Jasmine, la fille aînée, ressemblait physiquement à Kismine, sauf qu'elle avait un peu les jambes arquées et des mains et des pieds assez grands, mais n'avait pas du tout le même caractère. Ses livres préférés étaient des histoires de pauvres filles qui s'occupaient de leur père veuf. Kismine avait appris à John que Jasmine ne s'était jamais remise du choc et de la déception que lui avait causés la fin de la guerre mondiale, juste au moment où elle allait partir pour l'Europe comme cantinière. Elle avait même dépéri pendant un certain temps, et Braddock Washington avait pris des mesures pour favoriser une nouvelle guerre dans les Balkans, mais lorsqu'elle avait vu une photo de soldats serbes blessés, le projet avait perdu tout attrait pour elle. Quant à Percy et Kismine, ils paraissaient avoir hérité de l'arrogance de leur père dans toute sa splendeur. Un chaste et solide égoïsme transparaissait dans tout ce qu'ils pensaient.

John était ébloui par la magnificence du château et de la campagne environnante. Braddock Washington, comme le lui apprit Percy, avait fait enlever un jardinier-paysagiste, un architecte, un décorateur de théâtre et un poète décadent français, vestige du siècle dernier.

Il avait mis ses nègres à leur disposition, leur avait fourni tous les matériaux possibles et imaginables et les avait laissés travailler à leur guise. L'un après l'autre, ils avaient montré leur inutilité. Le poète décadent s'était tout de suite mis à regretter les boulevards au printemps ; il fit quelques remarques sur les épices, les singes et les ivoires, mais ne dit rien qui eût une quelconque valeur pratique. Le décorateur de théâtre, de son côté, voulait parsemer toute la vallée d'artifices et de machineries prodigieuses dont les Washington se seraient vite lassés. Quant à l'architecte et au jardinier-paysagiste, leurs idées n'étaient que conventions. Tout devait être comme ceci ou comme cela.

Mais ils avaient au moins résolu le problème de ce que l'on ferait d'eux : ils devinrent tous fous un beau matin, après s'être disputés toute la nuit sur l'emplacement d'une fontaine. Ils étaient à présent enfermés dans un confortable asile de fous à Westport dans le Connecticut.

— Mais alors, demanda John avec curiosité, qui a dessiné ce merveilleux décor : ces salles de réception, ces entrées, ces allées, ces salles de bains ?

— Eh bien, répondit Percy, j'ai honte de l'avouer, mais c'est un type du cinéma. Le seul homme que nous ayons trouvé qui ait eu l'habitude de travailler avec un budget illimité, bien qu'il coinçât sa serviette de table dans son col et ne sût ni lire ni écrire.

À la fin du mois d'août John commença à regretter de devoir bientôt retourner à l'école. Kismine et lui avaient décidé de s'enfuir au mois de juin suivant.

— Ce serait plus agréable de se marier ici, avoua Kismine, mais bien entendu, mon père ne me permettrait jamais de me marier avec vous. Il vaudrait mieux que vous m'enleviez. En Amérique, de nos jours, le mariage est devenu pour les riches une chose abominable. Il faut toujours qu'ils préviennent la presse qu'ils vont se marier avec de vieilles parures, voulant dire par là qu'ils sortiront une cargaison de perles d'occasion et des dentelles qui ont jadis été portées par l'impératrice Eugénie.

— C'est vrai, dit John avec enthousiasme. Quand j'étais chez les Schnlitzer-Murphy, la fille aînée, Gwendolyn, a épousé un homme dont le père possède la moitié de la Virginie-Occidentale. Elle écrivit à ses parents en leur disant combien il était difficile de vivre avec un simple salaire d'employé de banque, et elle termina par ces mots : « Dieu merci, j'ai quand même quatre bonnes domestiques et cela m'aide un peu. »

— C'est insensé, déclara Kismine. Songez à tous ces millions de gens dans le monde, ouvriers ou autres, qui se débrouillent avec seulement deux domestiques.

Un après-midi en cette fin de mois d'août, une réflexion que Kismine fit par hasard changea la face des choses et plongea John dans la stupeur.

Ils étaient dans leur petit bois préféré et, entre deux baisers, John se laissait aller à quelques prédictions romantiques qui, à son avis, donnaient un caractère poignant à leurs relations.

— Parfois, disait-il tristement, je pense qu'on ne se mariera jamais. Vous êtes trop riche, trop belle. Une fille aussi riche que vous ne peut pas être comme les autres. Je devrais me marier avec la fille d'un quincaillier en gros d'Omaha ou Sioux City et me contenter de son demi-million de dot.

— Je connaissais, autrefois, la fille d'un quincaillier en gros, fit remarquer Kismine. Je ne pense pas que vous auriez été heureux avec elle. C'était une amie de ma sœur. Elle est venue ici.

— Tiens, vous avez eu d'autres invités que moi ? s'étonna John.

Kismine parut regretter ses paroles.

— Oh oui, s'empressa-t-elle de dire, plusieurs.

— Mais n'avez-vous pas… enfin, votre père n'avait-il pas peur qu'ils racontent ce qu'ils avaient vu ?

— Oh, un peu, répondit-elle. Mais parlons de choses plus agréables.

Mais cela avait éveillé la curiosité de John.

— Plus agréables ? Qu'y a-t-il donc de si désagréable ? N'étaient-elles pas gentilles ?

À sa grande surprise, Kismine se mit à pleurer.

— Si, c'est... c'est justement ça qui est ennuyeux. Je m'étais... un peu... attachée à certaines d'entre elles. Jasmine aussi. Mais elle a continué à les... inviter quand même. C'est ça que je n'ai jamais pu comprendre.

Un noir soupçon naquit dans le cœur de John.

— Vous voulez dire qu'elles ont tout raconté et que votre père les a fait... enlever ?

— Pire que ça, murmura-t-elle d'une voix hachée. Père n'a pas voulu prendre de risques – et Jasmine a continué à leur écrire de venir et elles s'étaient tellement amusées !

Sa douleur atteignit un paroxysme.

Atterré par cette horrible révélation, John restait assis, bouche bée, sentant ses nerfs se crisper comme autant de coups de bec sur sa colonne vertébrale.

— Voilà, je vous ai raconté et je n'aurais pas dû, dit-elle en se calmant soudain et en séchant les larmes de ses yeux bleus.

— Voulez-vous dire que votre père les a fait assassiner avant leur départ ?

Elle fit oui de la tête.

— En août, en général, ou au début de septembre. Il est normal que l'on profite d'abord d'eux au maximum.

— Mais c'est abominable ! Mais... je deviens fou ! Avez-vous vraiment accepté que...

— Oui, l'interrompit Kismine en haussant les épaules. On ne pouvait pas les emprisonner comme ces aviateurs, pour qu'elles nous deviennent un reproche permanent. Et père faisait cela plus tôt que prévu pour que ça soit moins pénible pour Jasmine et pour moi. De cette façon, on évitait les scènes d'adieux...

— Ainsi vous les avez assassinées ! Pouah ! cria John.

— Cela a été fait de façon très douce. On les empoisonnait pendant leur sommeil et l'on disait toujours à leur famille qu'elles étaient mortes de scarlatine à Butte.

— Mais ce que je n'arrive pas à comprendre c'est pourquoi vous continuiez à les inviter !

— Ce n'est pas moi, s'exclama Kismine. Je n'en ai jamais invité une seule. C'est Jasmine. Et elles avaient toujours un séjour agréable. Et vers la fin, elle leur donnait des cadeaux magnifiques. Moi aussi, il m'arrivera d'inviter des gens, mais il faut d'abord que je m'endurcisse. On ne peut pas laisser quelque chose d'aussi inévitable que la mort nous empêcher de jouir de la vie tant qu'on le peut. Songez comme ce serait ennuyeux ici si l'on n'avait jamais aucune visite. Mon père et ma mère ont, comme nous, sacrifié certains de leurs meilleurs amis.

— Et ainsi, s'écria John d'un ton accusateur, vous me laissiez vous faire la cour et faisiez semblant de me payer de retour en parlant de mariage, tout en sachant parfaitement que je ne sortirais jamais vivant d'ici.

— Non, protesta-t-elle avec véhémence. Plus maintenant. Au début, oui. Vous étiez ici. Je n'y étais pour rien et je me disais qu'il valait mieux que vos derniers jours soient agréables pour nous deux. Mais ensuite, je suis tombée amoureuse de vous et je suis vraiment désolée que vous alliez… disparaître. Encore que je préfère que vous disparaissiez plutôt que de vous voir un jour embrasser une autre fille.

— Ah bon, vraiment ?

John fulminait.

— De beaucoup. En outre, j'ai toujours entendu dire qu'une jeune fille pouvait vivre de meilleurs moments avec un garçon qu'elle savait ne jamais pouvoir épouser.

« Ah, pourquoi vous ai-je dit tout cela ? J'ai probablement gâché tout votre plaisir, et nous étions si heureux quand vous ne saviez rien. Je savais bien que cela rendrait les choses un peu déprimantes pour vous.

— Voyez-vous ça ! (La voix de John tremblait de colère.) J'en ai assez entendu. C'est n'avoir ni fierté ni décence que de conter fleurette à un gars dont on sait qu'il n'est qu'un cadavre en sursis. Je ne veux plus vous voir !

— Vous n'êtes pas un cadavre ! protesta-t-elle avec horreur. Vous n'êtes pas un cadavre ! Je ne veux pas que vous disiez que j'ai embrassé un cadavre !

— Je n'ai jamais dit ça !

— Si, vous l'avez dit !

— Non !

Ils avaient élevé la voix mais se turent brutalement en entendant un bruit de pas qui se rapprochait et peu après, une main écarta les rosiers pour faire apparaître le beau visage de Braddock Washington qui les fixa de son regard pénétrant.

— Qui a embrassé un cadavre ? demanda-t-il d'un ton réprobateur.

— Personne, répondit vivement Kismine. Nous plaisantions.

— Qu'est-ce que vous faites là tous les deux ? demanda-t-il avec brusquerie. Kismine, tu devrais être en train de lire ou de jouer au golf avec ta sœur.

« Va lire ! Va jouer au golf ! Que je ne te retrouve plus ici quand je reviendrai !

Et après avoir salué John, il s'éloigna.

— Vous voyez, dit Kismine en colère, quand son père fut hors de portée de voix. Vous avez tout gâché. Nous ne pourrons plus être ensemble. Il ne le permettra pas. Il vous empoisonnerait s'il savait que nous étions amoureux l'un de l'autre.

— Nous ne le sommes plus, s'écria-t-il avec virulence. Aussi peut-il avoir l'esprit tranquille. En outre, n'imaginez pas que je vais rester ici. Dans six heures, j'aurai passé ces montagnes, même si je dois creuser le chemin moi-même, et je me dirigerai vers l'Est.

Ils s'étaient tous deux levés et, à ces mots, Kismine s'approcha de lui et lui prit le bras.

— Je pars aussi.

— Vous êtes folle !

— Bien sûr que je pars.

— Il n'en est pas question. Vous...

— Très bien, le coupa-t-elle calmement, nous allons rattraper mon père et en discuter avec lui.

Vaincu, John esquissa un pâle sourire.

— Très bien, ma chère, nous partirons ensemble.

L'affection qu'il exprimait ainsi était peu convaincante.

L'amour qu'il éprouvait pour elle reprit paisiblement place en son cœur. Elle était sienne, elle voulait partir avec lui et partager les mêmes risques. Il la prit dans ses bras et l'embrassa avec fougue. Après tout, elle l'aimait et, en fait, elle l'avait même sauvé.

Tout en parlant de leur projet, ils retournèrent lentement au château. Ils décidèrent que puisque Braddock Washington les avait vus ensemble, il valait mieux qu'ils partent la nuit suivante. Néanmoins, au dîner, John avait la gorge étrangement sèche et il avala de travers une grande cuillerée de potage de paon. Un

valet de pied dut l'emmener dans le salon de jeux, tur-
quoise et noir, et lui taper dans le dos, à la grande joie
de Percy qui trouva cela très drôle.

IX

Minuit était passé depuis longtemps quand John se
réveilla en sursaut et s'assit sur son lit, tâchant de per-
cer le voile de sommeil qui enveloppait sa chambre. À
travers l'opacité bleuâtre des fenêtres ouvertes, il avait
entendu au loin un faible bruit que le vent avait couvert avant que sa mémoire, chargée de mauvais rêves,
ne pût l'identifier. Puis il entendit un bruit plus fort et
plus proche, juste à l'entrée de la chambre. Déclic de
bouton de porte, bruit de pas ou murmure, il n'aurait
pu dire. Il sentit sa gorge se nouer et une vive douleur
dans tout son corps tendu à l'extrême pour entendre.
Puis l'un des voiles sembla se dissiper et il aperçut à la
porte une silhouette floue qui apparaissait dans l'obscurité et se confondait tellement avec les plis des
rideaux qu'elle semblait déformée tel un reflet dans un
miroir terni.

Pris d'un brusque mouvement de peur ou de détermination soudaine, il appuya sur le bouton à côté de
son lit et l'instant d'après se retrouva assis dans la baignoire verte de la pièce voisine, brutalement réveillé
par l'eau froide dont elle était à moitié remplie.

Il bondit, le pyjama dégoulinant d'eau, et se précipita vers la porte de l'aquarium qui donnait sur le

palier d'ivoire du second étage. La porte s'ouvrit sans bruit. Au plafond, en forme de dôme, une simple lampe rouge éclairait de façon grandiose et tragique la courbe somptueuse de l'escalier sculpté. John hésita un instant, terrifié par la splendeur silencieuse qui l'entourait et paraissait envelopper dans ses plis et contours gigantesques la frêle silhouette solitaire qui grelottait sur le palier d'ivoire. Il vit alors deux choses. La porte de sa suite s'ouvrit et trois nègres entièrement nus se précipitèrent vers l'escalier tandis qu'au même moment une autre porte coulissa de l'autre côté du couloir et Braddock Washington apparut dans l'ascenseur éclairé, chaussé de bottes d'équitation et vêtu d'un manteau de fourrure qui s'entrouvrait sur son pyjama rose satiné.

Tout de suite, les trois nègres, que John n'avait jamais vus auparavant et qu'il prit immédiatement pour des bourreaux, s'arrêtèrent dans leur poursuite et tournèrent leur regard vers l'homme qui était dans l'ascenseur et qui leur ordonna impérieusement :

— Entrez là-dedans ! Tous les trois ! Plus vite que ça !

Alors, en un instant, les trois nègres se ruèrent dans l'ascenseur dont la porte se referma et John se retrouva à nouveau seul dans le hall. Il se laissa tomber, épuisé, sur une marche d'ivoire.

Il était évident que quelque chose d'important venait de se passer, quelque chose qui, pour le moment, retardait d'autant sa modeste catastrophe personnelle. Qu'est-ce que cela pouvait être ? Les nègres s'étaient-ils révoltés ? Les aviateurs avaient-ils forcé la grille de fer ? Ou les habitants de Fish s'étaient-ils aventurés par hasard dans les montagnes et contemplaient-ils la vallée éclatante de leurs yeux mornes et tristes ? John l'ignorait. Il perçut le léger bruit de l'ascenseur qui se mit à monter, puis, un instant plus tard, à descendre. C'était probablement Percy qui accourait pour prêter assistance et John se dit soudain que c'était l'occasion de rejoindre Kismine et de mettre leur plan d'évasion à exécution. Il attendit plusieurs minutes après que l'ascenseur se fut arrêté. Tremblant de froid dans son pyjama mouillé, il retourna à sa chambre et s'habilla rapidement. Puis il gravit un long escalier et arriva dans le couloir couvert d'un tapis de zibeline qui conduisait aux appartements de Kismine.

La porte de son salon était ouverte et les lampes allumées. Kismine, en kimono d'angora, se tenait près de la fenêtre, l'oreille tendue et, bien que John entrât sans bruit, elle se retourna vers lui.

— Ah, c'est vous, murmura-t-elle en s'avançant vers lui. Vous les avez entendus ?

— J'ai entendu les esclaves de votre père dans mon...

— Non, le coupa-t-elle tout en émoi, les avions !

— Les avions ? Peut-être que c'est le bruit qui m'a réveillé.

— Il y en a au moins une dizaine. J'en ai vu un abattu dans la lumière de la lune, il y a quelques instants. Le garde qui est dans la montagne a tiré et c'est ce qui a réveillé mon père. On va ouvrir le feu sur eux.

— Sont-ils venus ici exprès ?

— Oui, c'est l'Italien qui s'est enfui...

Au moment où elle prononçait ces mots, une suite de détonations leur parvint de la fenêtre ouverte. Kismine laissa échapper un petit cri, prit fébrilement une pièce de monnaie dans une boîte qui se trouvait sur sa table de toilette et se précipita sur l'une des ampoules électriques. Aussitôt, le château entier se trouva plongé dans l'obscurité : elle avait fait sauter les plombs.

— Venez, lui cria-t-elle, nous allons monter au jardin suspendu et voir ce qui se passe.

Elle s'enveloppa dans une cape, lui prit la main et l'entraîna vers la sortie. Il n'y avait qu'un pas à faire pour atteindre l'ascenseur de la tour et à peine eut-elle appuyé sur le bouton qu'il lui passa le bras autour du cou et l'embrassa sur les lèvres. John Unger avait enfin rencontré l'amour. Une minute plus tard, ils se trouvaient sur la plate-forme immaculée. Au-dessus d'eux, sous la lune embrumée, surgissant des nuages et y disparaissant, une douzaine de machines aux ailes sombres tourbillonnaient sans fin.

De différents coins de la vallée des éclairs de feu jaillissaient dans leur direction, suivis de sèches détonations. Kismine applaudissait de joie, mais celle-ci se mua vite en désarroi quand les avions, au signal convenu, se mirent à lâcher leurs bombes et que toute la vallée s'emplit d'un fracas assourdissant et d'atroces lueurs.

Bientôt les assaillants prirent pour cible principale les canons antiaériens et l'un d'eux fut presque immédiatement réduit en un énorme tas de cendres, fumant au milieu d'un parterre de rosiers.

— Kismine, supplia John, vous serez contente de savoir que cette attaque a eu lieu la veille de mon assassinat. Si je n'avais pas entendu le coup de feu du garde, je serais raide mort à présent.

— Je ne vous entends pas, cria Kismine, entièrement absorbée par la scène qui se déroulait devant ses yeux. Parlez plus fort !

— J'ai simplement dit, hurla John, que nous ferions mieux de partir avant qu'ils ne bombardent le château.

Soudain tout le portique du quartier des nègres vola en éclats, un geyser de feu jaillit de dessous les colonnades et des blocs de marbre déchiquetés furent projetés jusqu'au bord du lac.

— Et voilà cinquante mille dollars de fichu. Au prix des esclaves d'avant-guerre ! s'exclama Kismine. Il n'y a plus beaucoup d'Américains qui ont encore le respect de la propriété.

John renouvela ses efforts pour la presser de partir. Les objectifs des avions devenaient de plus en plus précis et il n'y avait plus que deux canons antiaériens pour leur donner la réplique. Il était évident que la garnison, cernée par le feu, ne pouvait résister plus longtemps.

— Venez, cria John, en tirant le bras de Kismine, il faut partir. Vous rendez-vous compte que ces aviateurs vous tueront sans hésiter s'ils vous trouvent ?

Elle le suivit à contrecœur.

— Il faut réveiller Jasmine, dit-elle comme ils se précipitaient vers l'ascenseur. (Puis elle ajouta avec une sorte de joie enfantine :) Nous serons pauvres, n'est-ce pas ? Comme les gens dans les livres. Et je serai orpheline et totalement libre. Libre et pauvre ! Quelle joie !

Elle s'arrêta et lui tendit les lèvres dans l'euphorie d'un baiser.

— Il n'est pas possible d'être les deux à la fois, dit John d'un air résolu. On s'en est aperçu. À tout prendre, je préfère encore être libre. Par précaution, il vaut mieux que vous versiez le contenu de votre coffret à bijoux dans vos poches.

Dix minutes plus tard, les deux jeunes filles rencontraient John dans le couloir sombre et ils descendaient au rez-de-chaussée. Après avoir traversé les halls somptueux pour la dernière fois, ils restèrent un instant sur la terrasse à regarder brûler le quartier des nègres et, de l'autre côté du lac, les carcasses de deux avions en flammes.

Un feu nourri sortait encore d'un canon solitaire et les assaillants, qui semblaient craindre de descendre plus bas, l'encerclaient de leur feu d'artifice assourdissant, dans l'espoir de pouvoir anéantir ses canonniers éthiopiens.

John et les deux sœurs descendirent l'escalier de marbre, tournèrent immédiatement à gauche et se mirent à gravir un étroit sentier qui serpentait comme un ruban le long de la montagne de diamant. Kismine savait que, sur leur chemin, ils trouveraient refuge dans un petit bois touffu qui leur permettrait d'observer ce qui se passait dans la vallée, avec la possibilité de s'échapper, quand cela serait nécessaire, par un passage secret au milieu des rochers.

X

Il était trois heures du matin quand ils parvinrent à destination. Jasmine, complaisante et placide, s'endormit aussitôt, appuyée contre un tronc d'arbre, tandis que John avait passé son bras autour du cou de Kismine et qu'ils étaient assis à regarder le flux et le reflux de la bataille finissante parmi les ruines d'un paysage qui, le matin encore, était celui d'un jardin. Peu après quatre heures, le seul canon restant poussa sa dernière clameur et exhala une ultime fumée rougeâtre. Bien que la lune ne fût presque plus visible, ils pouvaient voir les machines volantes tournoyer de plus en plus près de la terre.

Quand les avions seraient certains que les assiégés n'avaient plus moyen de se défendre, ils atterriraient et cela en serait fini du règne fastueux et ténébreux des Washington.

Dès que le bombardement cessa, la vallée recouvra son calme. Les cendres des deux avions rougeoyaient comme les yeux d'un monstre tapi dans l'herbe. Silencieux et sombre, le château se dressait, aussi beau dans la nuit qu'il l'avait été au soleil tandis que, telle une plainte intermittente, on n'entendait plus que le craquement des branches qui accompagnait ce châtiment mérité. C'est alors que John s'aperçut que Kismine s'était, comme sa sœur, profondément endormie.

Il était plus de quatre heures quand il entendit un bruit de pas dans le sentier qu'ils venaient d'emprunter et il retint son souffle jusqu'à ce qu'ils fussent passés. Le léger mouvement de l'air ne semblait plus être causé par les hommes et la rosée était fraîche ; il se dit que, bientôt, l'aube se lèverait. John attendit que le bruit de pas eût disparu pour le suivre. À mi-chemin du sommet les arbres disparaissaient et une solide couche de pierre recouvrait le diamant. Avant d'y arriver, il ralentit l'allure en sentant instinctivement la présence proche d'êtres humains. Parvenu à un gros rocher, il passa discrètement la tête par-dessus. Sa curiosité fut récompensée car voici ce qu'il vit :

Braddock Washington se tenait debout, immobile, se détachant sur le ciel sans manifester le moindre signe de vie. L'aube qui pointait à l'est éclairait la terre d'une lueur glauque et la silhouette solitaire paraissait minuscule face au jour naissant.

Il resta ainsi longtemps sous les yeux de John, le regard fixe et impénétrable ; puis il fit signe aux deux nègres accroupis à ses pieds de soulever le paquet qui était à côté d'eux. À peine eurent-ils fait cet effort que le premier rayon du soleil filtra à travers les innombrables facettes d'un énorme diamant, taillé à la perfection, qui jetait un éclat d'une blancheur pareille à celle d'un morceau de l'étoile du matin. Les porteurs chancelèrent un instant sous le poids puis leurs muscles se tendirent sous leur peau brillante de sueur et les trois hommes s'immobilisèrent à nouveau, défiant les cieux de leur impuissance.

Au bout d'un moment, le Blanc redressa la tête et leva lentement les bras pour attirer l'attention, comme quelqu'un qui voudrait s'adresser à une foule. Mais il n'y avait point de foule, rien que le vaste silence de la montagne et du ciel, à peine troublé par le chant des oiseaux dans les arbres. L'homme debout sur les rochers se mit à parler d'un ton solennel et avec un orgueil indomptable.

— Vous qui êtes là-bas… cria-t-il d'une voix tremblante, eh ! vous là-bas !

Il s'arrêta, les bras toujours levés, la tête haute, comme s'il attendait une réponse.

John s'efforça de voir si personne ne descendait de la montagne, mais il n'y avait pas trace de vie humaine. Il n'y avait que le ciel et la flûte moqueuse du vent sur la cime des arbres. Se pouvait-il que Washington fît une prière ? Pendant un instant, John le crut. Puis il rejeta cette idée car l'attitude de cet homme n'était en rien celle de la prière.

— Oh, vous qui êtes là-haut !

La voix avait pris de la fermeté et de l'assurance. Ce n'était pas une supplication désespérée, mais plutôt une condescendance assez monstrueuse.

— Vous là-bas…

Il s'ensuivit un flot de paroles prononcées trop rapidement pour que l'on puisse les comprendre… John écoutait sans oser respirer, saisissant quelques mots, par-ci, par-là, tandis que la voix se taisait, reprenait puis s'arrêtait à nouveau, tantôt forte et persuasive, tantôt teintée d'étonnement et d'impatience contenue. Alors l'unique auditeur eut une impression qui se mua en une certitude qui fit bouillir le sang dans ses artères. Braddock Washington voulait soudoyer Dieu !

C'était cela, il n'y avait aucun doute. Le diamant que portaient ses esclaves n'était qu'une avance, un échantillon, un acompte.

Tel était, John le comprit enfin, le fil directeur de son discours. Ce Prométhée Enrichi avait recours à des sacrifices oubliés, à des rites abandonnés et à des prières déjà surannées à la naissance du Christ.

Pendant un certain temps, il s'évertua à rappeler à Dieu tous les dons qu'il avait daigné accepter des hommes : de grandes églises pour qu'il sauve les villes de la peste, de la myrrhe et de l'or, des vies humaines, de belles femmes et des armées captives, des enfants et des reines, des bêtes des forêts et des champs, des moutons et des chèvres, des moissons et des cités. Des territoires entiers que la conquête avait plongés dans la débauche et le sang Lui avaient été offerts pour l'apaiser, comme un tribut à payer pour adoucir Sa colère. Et maintenant, lui, Braddock Washington, empereur des diamants, roi et grand prêtre de l'âge d'or, arbitre des splendeurs et du luxe, offrirait un trésor auquel aucun prince n'avait jamais osé songer et l'offrirait non pas de façon suppliante, mais avec fierté.

Détaillant sa marchandise, il proposait à Dieu le plus gros diamant du monde. Il serait taillé en facettes cent mille fois plus nombreuses que les feuilles d'un arbre et, cependant, il serait ciselé avec la même perfection que ceux qui n'excédaient pas la taille d'une mouche. De nombreux artisans y travailleraient pendant des années. Il serait placé dans un grand édifice en or, merveilleusement sculpté et doté de portes d'opaline et de saphir. Au milieu de ce bâtiment on creuserait une chapelle où l'on mettrait un autel de radium iridescent et ondoyant qui brûlerait les yeux des fidèles qui oseraient lever la tête pendant leurs prières.

Et sur cet autel serait sacrifiée, pour le plaisir du Bienfaiteur Divin, toute victime qu'il désignerait, fût-elle l'homme le plus grand et le plus puissant du monde.

En échange, il ne demandait qu'une seule chose, une chose qui serait pour Lui d'une facilité dérisoire : que tout redevienne comme cela était hier à cette heure et le demeure à jamais. C'était si simple ! Que les cieux s'entrouvrent et engloutissent ces hommes et leurs avions. Qu'il ressuscite ses esclaves et les lui rende sains et saufs.

Dieu était le seul avec lequel il avait jamais eu à traiter ou à négocier.

Il se demandait simplement si son offre était suffisante. Dieu devait être payé à Son prix. Puisqu'on disait que Dieu était fait à l'image de l'homme, il ne doutait pas qu'il dût être payé à Son prix. Et ce prix serait extraordinaire : aucune cathédrale dont la construction avait duré des dizaines d'années, aucune pyramide édifiée par dix mille ouvriers ne vaudraient cette cathédrale, cette pyramide-là.

Il s'interrompit un instant. Telle était sa proposition. Il respecterait ses engagements et on pouvait dire, sans être inconvenant, que c'était vraiment pour rien. Il laissait entendre à la Providence que c'était à prendre ou à laisser.

Vers la fin de son discours, son débit devint saccadé, son ton hésitant et son corps sembla se tendre dans un effort désespéré pour percevoir le moindre signe ou souffle de vie dans les espaces qui l'entouraient.

Ses cheveux avaient blanchi pendant qu'il parlait et, la tête levée vers les cieux, il ressemblait à un prophète antique : superbe dans sa folie.

Puis, alors que John le regardait, étourdi et fasciné, il crut assister à un curieux phénomène. C'était comme si le ciel s'était tout à coup assombri, comme si brusquement un murmure était porté par le vent, un bruit de trompettes lointaines, un soupir semblable au bruissement d'une longue robe de soie et pendant un moment toute la nature environnante prit part à cet obscurcissement : les oiseaux cessèrent de chanter, les arbres demeurèrent immobiles et, au loin dans la montagne, on entendit le grondement lugubre et menaçant du tonnerre.

Ce fut tout. Le vent alla mourir sur les hautes herbes de la vallée. L'aube et le jour reprirent leur place et le soleil levant se manifesta par quelques éclats de brume chaude et dorée qui annonçaient ses rayons éblouissants. Les feuilles s'égayèrent au soleil et leur rire secoua les arbres, donnant à chaque branche des allures de fête d'écolières au royaume des fées. Dieu avait refusé le marché.

John resta un peu pour assister au triomphe du jour. Puis, en se retournant, il vit une forme brune voler près du lac, puis une autre et encore une autre, comme la danse d'anges étincelants descendus des nuages. Les avions avaient atterri.

John se laissa glisser de son rocher et dévala la montagne jusqu'au bosquet où les deux filles, réveillées, l'attendaient. Kismine se leva d'un bond, les bijoux cliquetant dans la poche et une question au bout de la langue, mais John sentit qu'ils n'avaient pas le temps de parler.

Il fallait quitter la montagne sans perdre un instant. Il les prit chacune par la main et ils se faufilèrent en silence entre les arbres, à présent inondés de lumière et de rosée. De la vallée ne montait aucun bruit, si ce n'est le braillement des paons dans le lointain et les bruits indistincts du matin.

Après avoir parcouru quelques centaines de mètres, ils évitèrent le parc et prirent un étroit sentier qui franchissait la butte suivante. Parvenus à son sommet, ils s'arrêtèrent et se retournèrent. Ils ne pouvaient détacher leur regard de la montagne qu'ils venaient de quitter, oppressés par l'obscur pressentiment d'un drame imminent.

En pleine lumière, un homme abattu, avec des cheveux blancs, descendait lentement la pente raide, suivi de deux nègres, géants et impassibles, transportant un fardeau qui étincelait encore au soleil. À mi-chemin, deux autres formes les rejoignirent et John put voir qu'il s'agissait de Mme Washington, appuyée sur le bras de son fils. Les aviateurs, descendus de leurs appareils, avaient traversé la pelouse qui s'étendait devant le château et, le fusil à la main, en formation de combat, commençaient l'ascension de la montagne de diamant.

Mais le petit groupe de cinq qui s'était formé un peu plus haut et qui monopolisait l'attention des jeunes gens s'était arrêté sur une saillie rocheuse. Les nègres se penchèrent et tirèrent une sorte de trappe dissimulée dans le flanc de la montagne.

Tous s'y engouffrèrent, d'abord l'homme aux cheveux blancs, puis sa femme et son fils, enfin les deux nègres dont on vit un instant la pointe dorée de la coiffure chargée de bijoux resplendir au soleil avant qu'ils ne s'enfoncent et ne disparaissent définitivement.

Kismine serra le bras de John.

— Oh ! s'écria-t-elle fébrilement, où vont-ils ? Que vont-ils faire ?

— Il doit y avoir un souterrain secret…

Un cri des deux sœurs l'interrompit.

— Regardez ! sanglota Kismine en proie à une crise de larmes, la montagne s'allume !

Au même moment John portait les mains à son visage pour se protéger la vue. Devant leurs yeux, toute la surface de la montagne était soudain illuminée d'un jaune éblouissant qui perçait le tapis d'herbe comme une lumière derrière une main. Cet éclat insou-

tenable dura un instant puis s'éteignit comme le fila-
ment d'une ampoule, pour laisser place à une vaste
étendue calcinée d'où montait lentement une fumée
bleuâtre, emportant avec elle ce qui restait de la végé-
tation et des corps humains. Il ne restait rien non plus
des aviateurs, ils avaient été aussi totalement consu-
més que les cinq âmes qui avaient pénétré sous terre.

Au même moment une énorme déflagration projeta
le château et ses morceaux enflammés furent projetés
dans les airs avant de retomber en un monceau de pierres fumantes qui s'avançait à moitié dans le lac.

Il n'y eut pas d'incendie, toute la fumée se dissipa
dans la lumière du soleil mais, pendant encore quelques minutes, une fine poussière de marbre flotta
au-dessus des ruines informes de ce qui avait été la
maison des pierres précieuses. Il n'y avait plus aucun
bruit et ils se retrouvaient seuls dans la vallée.

XI

Au coucher du soleil, John et ses deux compagnes
atteignirent la haute paroi rocheuse qui marquait la
limite du domaine des Washington. Là, en regardant
derrière eux, la vallée leur apparut paisible et charmante dans le crépuscule. Ils s'assirent pour manger ce
qui restait des provisions que Jasmine avait emportées
dans son panier.

— Voilà ! dit-elle en étalant la nappe et en y disposant
une pile de sandwichs. N'ont-ils pas l'air appétissants ?

Je trouve toujours que la nourriture a meilleur goût quand on mange dehors.

— En disant cela, fit remarquer Kismine, Jasmine fait son entrée dans la petite bourgeoisie.

— Maintenant, dit John avec empressement, videz vos poches que l'on voie les bijoux que vous avez amenés. Si vous avez bien choisi, nous devrions pouvoir, tous les trois, vivre le reste de notre existence confortablement.

Obéissante, Kismine plongea la main dans la poche et répandit devant lui deux poignées de pierres scintillantes.

— Pas mal, s'écria John avec enthousiasme. Ils ne sont pas très gros, mais… ciel ! (Il changea d'expression en en examinant un dans la lumière du soleil couchant.) Mais ce ne sont pas des diamants ! Il y a quelque chose qui ne va pas !

— Zut, s'exclama Kismine, l'air ahuri, quelle idiote !

— Mais ce sont des faux ! dit John.

Kismine éclata de rire.

— Oui. Je me suis trompée de tiroir. Ils garnissaient la robe d'une amie de Jasmine. Je les avait échangés avec elle contre des diamants. Jusqu'alors je n'avais jamais vu que de vraies pierres précieuses.

— Et c'est tout ce que vous avez emporté ?

— Hélas, oui. (Elle toucha les brillants avec mélancolie.) Je crois que je préfère ceux-ci. J'en ai un peu assez des vrais diamants.

— Très bien, dit John d'un air lugubre. Il faudra que nous habitions Hadès. Et vous vieillirez en racontant à des dames qui ne vous croiront pas que vous vous étiez trompée de tiroir. Malheureusement les carnets de chèques de votre père ont brûlé avec lui.

— Et alors, quel est le problème à propos de Hadès ?

— Si, à mon âge, j'annonce à mon père que je me suis marié et que je reviens à la maison avec ma femme, il y a de fortes chances qu'il me laisse des clous en héritage, comme on dit chez nous.

Jasmine prit la parole.

— J'aime faire la lessive, dit-elle calmement. J'ai toujours lavé moi-même mes mouchoirs. Je peux tenir une blanchisserie et vous ferai vivre tous les deux.

— Y a-t-il des blanchisseries à Hadès ? demanda Kismine avec innocence.

— Bien sûr, répondit John, c'est comme partout.

— Je me disais qu'il faisait peut-être trop chaud pour porter le moindre vêtement.

John partit à rire.

— Vous pouvez toujours essayer. Vous n'aurez pas eu le temps de commencer qu'ils vous auront déjà arrêtée.

— Est-ce que notre père sera là ? demanda-t-elle.

John la regarda avec étonnement.

— Votre père est mort, répondit-il gravement. Pourquoi irait-il à Hadès ? Vous avez confondu avec un endroit qui a été supprimé depuis longtemps.

Après le souper, ils plièrent la nappe et étendirent leurs couvertures pour la nuit.

— Quel rêve ! soupira Kismine, en regardant les étoiles. Comme cela me semble bizarre de me retrouver ici avec une seule robe et un fiancé sans le sou !

« Sous les étoiles, répéta-t-elle. Je n'avais encore jamais remarqué les étoiles. Je les imaginais toujours comme d'énormes diamants qui appartenaient à quelqu'un. Elles me font peur à présent. Elles me donnent l'impression que toute ma jeunesse, tout ça, n'a été qu'un rêve.

— C'était un rêve, dit John avec calme. Pour tout le monde, la jeunesse n'est qu'un rêve, une sorte de folie.

— Comme c'est agréable d'être fou, alors.

— C'est ce que je croyais, dit John tristement. À présent, je n'en suis plus si sûr. Peu importe, passons quelque temps à nous aimer, vous et moi, un an peut-être. C'est une forme d'ivresse divine que nous pouvons tous connaître. Il n'y a de diamants que sur terre, des diamants et peut-être aussi le pauvre pouvoir de la désillusion. Celui-là, je le possède et je n'en fais pas grand-chose. (Il frissonna.) Relevez le col de votre manteau, petite fille, la nuit est froide et vous allez attraper une pneumonie. C'est un grand péché que d'avoir inventé la conscience. Perdons-la pendant quelques heures.

Et en s'enveloppant dans sa couverture, il s'endormit.

POCKET Classiques

UNE AUTRE FAÇON DE LIRE

Vous trouverez présentés dans les pages qui suivent des livres qui se sont imposés comme des chefs-d'œuvre. Mais si Pocket les a choisis, c'est surtout parce qu'ils continuent de marquer notre temps par leur incroyable modernité.

Pour que lire un classique soit toujours un plaisir, Pocket vous propose une sélection d'ouvrages à petits prix accessibles à tous.

IL Y A TOUJOURS
UN CLASSIQUE À DÉCOUVRIR

MARIVAUX
L' Île des Esclaves suivie de La Colonie

Sur l'île de « nulle part », deux couples de maîtres et d'esclaves échangent leur condition. Le serviteur a trois ans
pour faire de son maître un être humain acceptable. Bien
avant Marx, Marivaux réfléchissait à la lutte des classes.

POCKET n° 12364 à 1,50

Prosper MÉRIMÉE
La Vénus d'Ille

Le jour de son mariage, un jeune homme s'amuse à passer la
bague au doigt d'une Vénus de bronze aux yeux incrustés
d'argent. Le lendemain, il est retrouvé mort... Transporté par
le style glacial de l'auteur, le lecteur se laisse happer par l'histoire de la mystérieuse statue.

POCKET n° 12367 à 1,50

POUR EN SAVOIR PLUS : www.pocket.fr

VOLTAIRE
Zadig, Suivi de Micromégas

Le chemin vers la sagesse est semé d'embûches. Le beau et vertueux Zadig va en faire l'expérience. Amante infidèle, menaces professées par des fanatiques religieux, procès sans fondements... rien n'est épargné au jeune héros. Voltaire n'a rien perdu de son mordant et s'en donne à cœur joie.

POCKET n° 12357 à 1,50

Guy de MAUPASSANT
Le Horla et autres nouvelles fantastiques

« La chose » rôde autour de lui. L'homme ne la voit pas, mais il sent sa présence. « C'est lui, qui me hante ! Il est en moi, il devient mon âme ; je le tuerai ! » Une lutte à mort se prépare entre l'homme et la créature qui le dévore de l'intérieur ...

POCKET n° 12349 à 1,50

Pour en savoir plus : www.pocket.fr

Jean de LA FONTAINE
Choix de Fables

Avec des animaux, La Fontaine a bâti une comédie humaine immense et prodigieuse de délices et de cruauté. Il était un enfant, un sphinx, un farceur, un philosophe, un génie du langage. La légende de sa bonhomie distraite et paresseuse cache un sage oriental, un enchanteur, un grand poète. Le lire et le relire c'est retrouver le paradis sur terre...

POCKET n° 13042 à 1,50

Gustave FLAUBERT
Trois contes

Un cœur simple est une histoire de solitude et de tristesse, *La Légende de saint Julien l'Hospitalier* un conte médiéval énigmatique, et *Hérodias* revisite l'histoire mythique de Salomé. Véritable testament esthétique, ces *Trois Contes* sont l'ultime chef-d'œuvre de Flaubert.

POCKET n° 12362 à 1,50

Pour en savoir plus : www.pocket.fr

Choderlos de LACLOS
Amour, liaisons et libertinage

Cette anthologie invite le lecteur à une promenade divertissante dans l'univers de Laclos. De A comme Absence à V comme Volupté, 393 citations tissent les mots de l'amour pour en dire les joies et les maux. À travers ces textes, nous découvrons la complexité et les multiples facettes de l'auteur des *Liaisons dangereuses*.

POCKET n° 13775 à 1,90

Honoré de BALZAC
Le Colonel Chabert

Sauvé après avoir été laissé pour mort à la bataille d'Eylau, le colonel Chabert, dix ans après sa disparition, revient parmi les siens. Mais la rue où il habitait a changé de nom, sa maison a été vendue et sa femme s'est remariée. Incapable de prouver son identité, il passe pour un fou aux yeux de tous. Désespéré, Chabert demande à un avocat de l'aider à retrouver sa fortune, mais sa veuve n'entend pas se laisser faire.

POCKET n° 12358 à 1,50

Pour en savoir plus : www.pocket.fr

Composé par Nord Compo Multimédia
7, rue de Fives, 59650 Villeneuve-d'Ascq

Impression réalisée par

Brodard & Taupin

51433 – La Flèche (Sarthe), le 11-02-2009
Dépôt légal : décembre 2008
Suite du premier tirage : février 2009

POCKET – 12, avenue d'Italie - 75627 Paris cedex 13

Imprimé en France